탈무드

유대인 5000년
지혜의 근원
파워의 원천

Talmud

Copyright ⓒ 2008 by He XiongFei

Korean Translation Copyright ⓒ 2022 by Seokyo publishing co.

This translation is published by arrangement with Beijing Alpha Books
Co., Inc. Through SilkRoad Agency, Seoul, Korea. All rights reserved.

이 책의 한국어판 저작권은 실크로드 에이전시를 통해 Beijing Alpha Books
Co., Inc.와 독점 계약한 서교출판사에 있습니다. 저작권법에 의해 한국 내에
서 보호를 받는 저작물이므로 무단 전재와 복제를 금합니다.

이 도서의 국립중앙도서관 출판사도서목록(CIP)은 e-CIP 홈페이지 (http://nlgo.ecip)의 국가
자료 공동목록시스템(http://gonl.colisnet)에서 이용하실 수 있습니다. CIP제어번호.
CIP2015007248

유대인 5000년 지혜의 근원 & 파워의 원천

탈무드

TALMUD BY SENIA 홍순도 옮김

서교출판사

5000년 유대인의
삶과 철학
그 내면의 지혜

원래 탈무드(Talmud)란 말에는 '위대한 연구', '위대한 학문이나 고전 연구' 라는 뜻이 담겨 있다. 그렇다면 과연 탈무드의 적확한 의미는 무엇일까? 한마디로 말하면 유대인들이 '모세5경(토라)' 다음으로 중요하게 여기는 경전으로서 '유대인 지혜의 두루마리' 또는 '유대 문명 5,000년 지혜의 원천' 이라고 할 수 있다. 탈무드는 2,000년에 걸친 오랜 방랑의 역사를 살아온 유대인들을 결속시킨 유일한 책으로 유대인이 지닌 독특한 지혜의 원천을 풀 수 있는 중요한 열쇠다. 탈무드의 본줄기는 〈구약성경〉이지만, 그 안에는 종교 이야기뿐만 아니라 건강, 예술, 음식, 언어, 인간관계, 역사, 교육, 풍습, 경제, 철학, 의학, 수학, 과학, 천문학, 심리학 등 인간 생활의 모든 분야를 망라한다. 탈무드를 흔히 바다에 비유하는 까닭도 여기에 있다. 광대한 바다처럼 그 안에는 온갖 것이 다 들어 있기도 하고, 또 신비한 바다처럼 그 깊숙한 곳에는 과연 어떤 것들이 들어 있는지 확실히 알 수 없기 때문이다. 탈무드는 기원전 5000년부터 서기 500년까지 구전되던 것을 10년에 걸쳐 2,000여 명의 랍비들이 집대성한 실로 엄청난 분량의 저작물이다. 서기 3~5세기에 완성되었다. 총 20권, 1만2천 쪽, 250만 자로 구성되어 있으며 내용도 풍부하고 복잡하다. 책 무게만도 75킬로그램에 달한다.

탈무드는 오랜 세월에 걸쳐 많은 수난을 겪어야 했다. 당시 귀족 지배층은 그리스도 출현 이후 유대문화를 애써 무시하려 하였고, 따라서 탈무드의 존재를 강하게 거부했기 때문이다. 1244년에는 파리에 있던 모든 〈탈무드〉가 압수되어 24대의 수레에 실린 채 불태워졌다. 1263년에는 로마교회의 대표와 유대교 대표가 자리를 같이하여, 〈탈무드〉가 그리스도교 교리에 부합하는지 여부를 두고 공개 토론을 벌이기도 했다. 그 후 1415년에 이르러 유대인들에게 〈탈무드〉를 읽지 못하도록 금지하는 법령이 선포되었다.

이후에도 탈무드는 1520년에 로마에서 또 한 번 불 속에 던져졌고, 1553년, 1555년, 1559년, 1566년, 1592년에도 불태워졌다. 1562년에는 가톨릭교회 측이 〈탈무드〉를 검열하여 부분적으로 오려내거나 찢어 버리기도 했다. 그러니까 오늘날까지 남아 있는 〈탈무드〉는 원형대로 보존된 완전한 것이 아니다. 〈탈무드〉는 모두 6개 부문으로 구성되어 있다. 1. 농업, 2. 제사, 3. 여자, 4. 민법과 형법, 5. 성전, 6. 생명과 순결 등이다.

넓은 의미의 탈무드는 미쉬나와 게말라 모두를 포함한다. 미쉬나의 주요 내용은 랍비와 선지자들이 구약성경에 대해 해석하고 주석을 단 것이고, 게말라는 유대학자들이 미쉬나에 대해 평가하고 토론한 것이다. 미쉬나는 총 6권 63편으로 구성돼 있다. 전자와 후자의 계율은 총 613개로 이 가운데 248개는 '하라'는 긍정적 계율, 365개는 '하지 말라'는 부정적 계율이다. 좁은 의미의 탈무드는 단지 게말라만을 지칭하며 게말라는 또 바빌론 탈무드와 팔레스타인 탈무드로 나뉜다. 일반적으로 탈무드라고 하면 바빌론 탈무드를 가리킨다. 내용의 3분의 1이 미드라쉬(훈계와 도덕적 설교)이기는 하나 딱딱하거나 진부한 느낌을 주지 않는다. '모세5경'이 인류와 영원히 함께해야 할 책이라면, 탈무드는 유대인 일상생활의 반려자이자 지혜의 보고라고 할 수 있다. 또 위기의 해결책을 제시해 주는 인생지침서이기도 하다. 탈무드는 역사서가 아니지만 역사를 말하고 있고, 인명사전은 아니지만 많은 인물을 소개하고 있다. 이뿐만 아니다. 백과사전이 아니지만 삼라만상을 망라한 백과사전과 똑같은 역할을 하고 있다. 이렇듯 탈무드는 서양 문명의 양식을 채용한 유대인 생활의 보고이다. 그리스도교의 성경(Bible), 플라톤의 유토피아(Utopia), 아리스토텔레스의 정치학(Politika), 이슬람교의 코란(Koran)과 함께 인류 문명에 가장 큰 영향을 끼친 책 중 하나로 꼽히고 있다. 후세에 길이 전해질 경전이라고 할 만하다.

세계적으로 명성을 높인 역대 노벨상 수상자 중 30% 이상이 유대인이다. 생리·의학상 48명, 물리학상 44명, 화학상 27명, 경제학상 20명, 문학상 12명이다. 평화상을 제외하고도 150명이 넘는다. 그것도 잠재적으로 유대인으로 추정되는 사람들을 제외한 수치다(조선일보, 2006년 10월 19일). 스피노자, 마르크스, 에리히 프롬, 프로이트, 샤갈, 하이네, 아인슈타인, 로스차일드, 록펠러, 빌 게이츠, 조지 소로스, 레너드 번스타인, 헨리 키신저, 스필버그, 블룸버그 등도 유대인이다.

탈무드는 전 세계의 가장 많은 지역에서 널리 읽히고 있는데 총 12개 언어로 번역되었다. 특히 유대인들은 탈무드를 한 명당 한 권씩 가지고 있을 뿐만 아니라 태어나서 죽을 때까지 평생 동안 읽으며 연구한다. 그럴 때마다 항상 새로운 깨달음을 얻는다고 한다. 탈무드는 또 유대인들에게 무엇을 생각해야 하고 어떻게 사고해야 하는지 가르침을 주는 지혜의 책이다. 처음부터 끝까지 일관성 있는 목소리로 유대인의 세계관을 제시한다. 또 사려 깊은 친구나 박학다식한 학자처럼 유대인 개개인과 끊임없이 토론하며 소소한 일상 속에서 사람들에게 생생한 지혜의 힘을 불어넣어 준다.

지금까지 제대로 된 탈무드 번역판이 출간된 적은 없었다. 항간에 나도는 이른바 '탈무드 대전' 따위의 책들은 모두 탈무드를 그대로 모방하거나 현대 유대인들 사이에 회자되는 이야기들을 대충 짜맞춘 것에 지나지 않는다. 본서는 탈무드 원본의 대표적인 이야기들을 엄선해 그중 '숙명론'이나 신비주의 등 오늘날 현실에 부합하지 않는 유심론적 내용들을 삭제한 뒤 현대인에 맞게 재편집하였다.

분량이 방대하고 내용이 복잡한 원본을 우리말로 옮기는 작업은 결코 쉬운 일이 아니었다. 나름 진력했으나 부족한 점이 있을 수 있다. 독자 여러분들의 기탄없는 비평과 아낌없는 조언을 바란다.

옮긴이 홍순도

우리가 추구하는 세상에는 먹는 것도, 마시는 것도, 생육도, 무역거래도, 보석도, 분노도, 불만도 없다. 오직 천사 같은 삶만 존재할 뿐이다.

c o n t e n t s

1 사람의 도리

천사의 품성 동물의 특징 16

마술 사과 22

희망 25

이긴 자가 강하다 27

포도밭 이야기 28

현명한 사람 30

일곱 번 변하는 남자의 일생 35

영혼의 종착역 39

정직한 사람의 기도 42

자유 의지 45

선한 품성 50

참회와 속죄 53

우둔한 자 55

평판 56

진정한 가난 57

영혼과 육신 58

제1계명 65

하느님의 마음 67

2 자신과 타인

나는 누구인가? 74

나는 어디에서 왔는가? 78

행복한 삶에 대한 정의 81

자신의 감정을 다스려라 84

인내심 테스트 86

융통성을 가져라 88

입으로는 91

혀의 위력과 힘 92

지혜로운 사람과 동행하라 95

사자의 젖 97

술의 기원 102

삶에 관한 세 가지 충고 104

겸손의 리더십 108

성공이란 무엇인가? 110

탈무드의 핵심 114

유언 117

두 친구 119

피해야 할 사람 122

막을 수 있었음에도 126
손님을 접대하는 법 128
처세의 도 131
표정 관리 135
자존심과 배려 136
죄짓지 마라 138
험담 141
원수와 원한 144

3 결혼과 가정

여자 148
결혼의 조건 151
교육 156
스승 160
아버지의 마음 161
책의 민족 162
자식 사랑 163
나무 열매 165
자녀 교육 167
현명한 어머니가 168
시집가는 딸에게

두 형제 169
복수와 증오 172
진짜 부모 174
축복의 말 176
사랑의 자녀교육법 178
성과 사악한 충동 180
나쁜 아내 좋은 남편 185
섹스의 조건 188
이혼의 조건 191
위기를 모면한 부부 194
가정의 평화 196
천국과 지옥 198
효자 200
부모를 사랑하라 202
아빠 새 아기 새 205

4 육체생활

인체의 신비 210
건강에 대하여 218
음식에 대하여 222
시간에 대하여 226
자살에 대하여 228
질병에 대하여 230
마지막 심판 238

5 도덕생활

토라에 대하여 242

토라의 가치 246

여우와 물고기 248

지혜의 보고 251

지식은 달콤한 것 254

지식의 가치 257

교사의 가치 259

증인이 필요해 262

인구정책 263

동물들의 안식일 264

원로의 조언 265

교사의 조건 266

유머 리더십 270

타협 274

지혜로운 아내 275

여자의 질투심 277

이웃 사랑 278

좋은 품성을 기르는 법 279

6 사회생활

아기냐 산모냐 286

혼자 사느냐 함께 사느냐 288

불에 탄 탈무드 291

희생정신 292

순교자 294

환경과 사회 296

노력이 필요해 298

위선자 301

착한 사마리아 사람 303

계량 305

마음의 역할 307

단장의 고통 308

노동의 조건 310

노동의 결실 313

랍비의 땅 316

부자와 거지 318

갈릴리 호수처럼 322

퐁트카카 323

자선 이야기 326

법과 정의 330

판관의 수칙 332

보상 336

결과의 철학 339

그리고 사랑은 강하다 341

다윗왕의 리더십 342

부록 : 유대사 연표와
   세계사 연표 비교 345

TALMUD BY SENIA

1
사람의 도리

사람은 먼저 개체로 창조되었다.

이는 하나의 생명을 죽이는 것은 세상을 죽이는 것과 같고

하나의 생명을 구하는 것은 세상을 구하는 것과 같다는 사실을

사람들에게 깨우쳐 주기 위해서다.

따라서 인간에 대한 무례한 행위는

곧 하느님에 대한 도전이나 다름없다.

천사의 품성
동물의 특징

하느님의 형상대로 창조된 우리는 사랑받아야 할 존재이다. 그러나 인간이 하느님의 형상을 닮았다는 사실은 매우 특별한 사랑을 통해서 세상에 알려졌다. 탈무드에 '하느님은 우리를 너무 사랑하여 당신을 닮은 사람을 만들자'고 기록되어 있지 않은가.

이렇듯 그분은 인간에게 사람의 생명을 죽이는 행위는 온 세상을 파괴하는 것과 같으며 한 사람의 생명을 살리는 것은 온 세상을 구하는 것과 같다고 가르치셨다. 그러므로 인간에게 무례하게 구는 것은 곧 하느님에게 무례하게 구는 것과 마찬가지다.

인간은 천사의 네 가지 품성과 동물의 특징 네 가지를 가지고 있다. 동물과 같은 점은 먹고, 마시며, 출산하고, 죽는다는 것이다. 그리고 천사와 같은 점은 직립 보행하며, 말하고, 사고하며, 사물을 정면과 측면에서 바라보는 등 판단력을 가졌다는 사실이다.

한 랍비가 말했다.

"천사는 하느님의 모습대로 만들어졌지만 출산을 하지는 않는다. 세상 만물은 종족을 번성시킬 수 있으나 모두가 하느님의 모습대로 만들어지는 것은 아니다."

하느님이 말씀하셨다.

"나는 나의 모습과 특징에 따라 인간을 창조했다. 신체적으로 인간의 외양은 천사와 구별되는 점이 없지만 동물과 마찬가지로 출산을 한다. 만약 내가 창조한 인간이 동물과 다른 점이 없다면 그들은 영원히 살지 않고 죽을 것이다. 그러나 내가 창조한 인간이 천사와 차이가 없다면 그들은 영원히 살 것이다. 그래서 나는 천사와 동물의 두 가지 특징을 조합해 인간을 만들었다. 만약 그들이 죄를 짓는다면 불안에 떨며 살 것이고, 바른 삶을 살다 죽는다면 천당에서 행복하게 살 것이다."

우리 몸은 하느님의 걸작으로 이는 그분의 끝없는 사랑을 잘 보여 준다. 우리 인간은 서로 다른 개성을 지닌 개체이다. 이는 인간이 미덕과 지혜로 기적을 만들어 내는 존재임을 보여 주고 하느님의 위대함을 보여 준다.

인간은 같은 모형으로 똑같은 동전을 만들어내지만 하느님은 첫 번째 인간의 모형을 가지고 서로 다른 모습을 가진 사람들을 만들어낸다. 사람의 얼굴이 서로 다른 이유는 무엇일까? 그것은 각자의 다양성과 창조성을 강조하고 그 중요성을 온 세상에 드러내기 위함이다. 또 다른 이유는 기득권층들이 좋은 집이나 아름다운 여인을 보고 '자신의 소유'라고 주장하지 못하도록 하기 위해서다. 사람은 누구나 서로 다른 목소리, 용모와 영혼을 갖고 있다. 그리고 하느님이 개개인의 목소리와 용모를 다르게 한 것은 도덕적 질서를 유지하기 위해서며, 각자 다른 영혼을 갖게 한 것은 비양심적인 사람들로 혼탁해진 세상을 정화시키기 위함이다.

사람 몸에는 모두 248개의 뼈마디가 있다. 발에 30개(발가락 하나에 3개씩), 발목에 10개, 아랫다리에 2개, 무릎에 5개, 허벅지에 1개, 엉덩이에 3개, 늑골에 11개, 손에 30개(손가락 하나에 3개씩), 팔뚝에 2개, 팔꿈치에 2개, 팔에 1개, 어깨에 4개 등 몸의 좌우 양측에 각각 101개씩 있다. 이 밖에도 척추에 18개, 머리에 9개, 목에 8개, 가슴에 6개, 생식기에 5개가 있다. 에어백은 바늘 하나만으로도 터져 버리지만, 사람의 몸은 248개나 되는 구멍으로 공기가 출입하

십계

탈출기(34:27 이하)를 보면 하느님이 모세에게 십계명(Aseret-ha-devarim)을 주신 내용이 있다. 이 십계명은 훗날 언약의 핵심이 된다.

므로 쉽게 터지지 않는다.

인간의 얼굴 크기는 손가락을 활짝 폈을 때의 손바닥 크기밖에 안 된다. 하지만 이렇게 작은 얼굴에도 서로 다른 수원(水源)이 있다. 눈에서 흐르는 물은 짜고, 입에서 흐르는 물은 달며, 귀에서 흐르는 물은 기름지고, 코에서 흐르는 물은 메스껍다.

눈물이 짠 이유는 무엇일까? 사람이 슬픈 일을 당했을 때 한없이 눈물을 흘리면 눈이 상한다. 심하면 눈이 멀기까지 한다. 하지만 눈물이 짜면 계속 울 수 없다.

귀에서 흐르는 물에는 왜 기름기가 있을까? 나쁜 소식을 들었을 때 그 말이 계속 귀에 머물러 있으면 마음속에 병이 생겨 죽음에 이르게 된다. 하지만 귀에서 나오는 물이 기름지기 때문에 나쁜 소식을 한쪽 귀로 듣고 다른 한쪽 귀로 흘려보낼 수 있다.

콧물은 왜 메스꺼울까? 사람은 바이러스에 감염되거나 악취를 맡으면 심한 편두통과 더불어 콧물을 흘리게 된다. 이때 콧물은 우리 몸에게 당신의 몸 상태 혹은 환경이 좋지 않으니 건강에 유념하라는 신호를 보내는 것이다.

이렇듯 하느님은 인간에게 많은 기적을 보여 주셨으나 사람들은 그것을 알지 못한다. 사람이 딱딱한 빵을 그대로 삼키면 위장이 상하게 된다. 하지만 거룩하신 하느님은 사람의 인후에 샘구멍을 만들어 빵이 부드럽게 넘어가도록 하였다.

신장은 상상력을 자극하고, 심장은 지적 능력에 영향을 주며, 혀는 음을 내고 기관(氣管)은 소리를 낸다. 폐는 다양한 액체를 흡수하고, 간은 분노의 감정을 일으킨다. 담낭은 간에 담즙을 보내 화를 가라앉힌다. 비장은 사람을 웃게 만들고, 대장은 음식물을 잘게 부순다. 위는 사람을 잠들게 만들고, 코는 사람을 잠에서 깨운다.

사람은 모두 여섯 가지 기관을 가지고 있다. 그중 세 가지는 사람이 통제할 수 있지만 나머지 셋은 사람이 통제할 수 없다. 전자는 입과 손 그리고 발이다. 입은 사람 마음에 따라 책을 읽거나 긍정의 말, 부정의 말 등 온갖 표현을 할 수 있다. 손으로는 선행을 할 수도 있지만, 도둑질, 살인 등 악행도 저지를 수 있다. 발도 마찬가지다. 후자는 바로 눈, 귀, 코다. 이 세 가지 기관 때문에 사람은 원하지 않아도 사물을 보고, 소리를 듣고, 맡고 싶지 않은 냄새도 맡는다.

마술
사과

어떤 왕에게 외동딸이 있었다. 어느 날 왕의 외동딸이 큰 병이 나서 드러누웠다. 의사는 세상에 둘도 없는 명약을 먹이지 않는 한 살아날 가망이 없다고 했다. 고민하던 왕은 딸의 병을 고쳐 주는 사람을 사위로 삼는 것은 물론, 자신의 자리까지 물려주겠다는 내용의 포고문을 붙였다.

당시 아주 멀리 떨어진 시골마을에 삼 형제가 살고 있었는데, 그중 맏이가 망원경으로 그 포고문을 보았다. 그들 형제는 그 사정을 딱하게 여겨 공주의 병을 고쳐 보자고 의논했다. 삼 형제 가운데 둘째는 마법의 양탄자를 소유하고 있었고, 막내는 마법의 사과를 가지고 있었다. 마법의 양탄자는 아무리 먼 곳이라도 주문만 외우면 금방 그곳으로 날아갈 수 있고, 마법의 사과는 먹기만 하면 어떤 병이고 감쪽같이 낫는 신통력이 있었다. 이들 삼 형제가 서둘러 마

발람(Baram) 회당 입구
서기 3~4세기.

사람의 도리

법의 양탄자를 타고 궁궐에 도착하여, 공주에게 마법 사과를 먹이자 공주의 병은 놀랍게도 씻은 듯이 나았다. 온 백성들이 거리로 쏟아져 나와 모두 기뻐했다. 왕은 큰 잔치를 벌여 차기 왕이 될 사윗감을 발표하려고 했다.

그러나 삼 형제는 서로 의견이 달랐다. 그중 맏이는 "내가 망원경으로 포고문을 보지 못했다면 우리는 이곳에 올 수 없었을 거야." 라고 주장했다. 그러자 둘째는 "내 양탄자가 없었다면 이 먼 곳까지 올 수 있었을까?" 라고 했다. 막내도 "내 마법 사과가 없었다면 공주의 병을 고칠 수 없었을 걸." 이라며 자기의 생각을 말했다.

만약 여러분이 왕이라면 삼 형제 중 누구를 사윗감으로 정하겠는가? 답은 마법의 사과를 가진 막내이다. 왜냐하면 맏이의 망원경은 공주가 나은 뒤에도 그대로 남아 있고, 둘째 역시 타고 온 양탄자가 그대로 남아 있으나, 막내의 사과는 공주가 먹어 없어졌기 때문이다.

막내는 왕의 외동딸을 위해 자신이 가진 모든 것을 주었던 것이다. 이처럼 탈무드는 남에게 도움을 줄 때 아낌없이 주는 것을 가장 높이 평가한다.

희망

　　옛날에 한 남자가 왕의 노여움을 사서 사형을 선고받았다. 남자는 왕에게 목숨만 살려달라고 애원하며 이렇게 말했다.

　　"임금님의 소중한 말을 1년 동안 맡겨 주신다면 하늘을 나는 법을 가르치겠습니다."

　　이어 그는 만약 1년이 지나 말이 하늘을 날지 못하면 그때는 사형에 처해도 좋다고 말했다. 왕은 남자의 탄원을 받아들였다. 대신 1년 후 말이 하늘을 날지 못한다면 사형에 처하겠다고 말했다.

　　남자와 같은 감옥에 갇혀 있던 사람들이 그에게 물었다.

　　"어떻게 말이 하늘을 날 수 있단 말인가?"

　　"1년 안에 왕이 죽거나 아니면 내가 죽을지도 모릅니다. 또는 말이 죽을지도 모르고요. 또 1년이 지나면 말이 날 수 있게 될지도 모르지 않습니까?"

유대인은 인생에는 많은 가능성이 있으므로 절대 포기하거나 희망을 버려서는 안 된다고 가르친다. 그러나 이러한 낙관적인 생각에도 반드시 노력이 뒤따라야 한다. "희망에만 기대고자 하면 아무것도 못한다."는 말이나 "희망이라는 자는 거짓말을 못한다."는 가르침도 잘 새겨 보아야 한다. 다음은 유대인의 또 다른 철학이 담긴 이야기다.

개구리 세 마리가 우유통에 빠졌다. 첫 번째 개구리는 "모든 일은 하느님의 뜻대로 된다."고 생각하면서 어떤 노력도 하지 않았다. 두 번째 개구리는 "이 통은 너무 깊어서 도저히 빠져 나갈 수 없다."면서 우유 속에 빠져 죽었다. 세 번째 개구리는 비관도 낙관도 하지 않고 코를 우유 밖으로 내밀고 뒷다리를 이용해 우유 속을 헤엄치며 다녔다. 그런데 다리에 뭔가 딱딱한 것이 걸렸다. 개구리는 간신히 그 딱딱한 것을 딛고 일어서게 되었다.

세 번째 개구리가 헤엄치며 이리저리 돌아다닌 결과 버터가 만들어진 것이었다. 세 번째 개구리는 유유히 우유통 밖으로 나올 수 있었다.

이긴 자가
강하다

　　세상에서는 약하면서도 강한 자를
두려워하게 하는 것이 네 가지 있다. 모기는 사자에게 공포감을 주
고, 거머리는 코끼리에게 공포감을 주고, 파리는 전갈에게 공포감
을 주고, 거미는 매에게 공포감을 느끼게 한다. 크고 힘이 강하다고
언제나 강한 것은 아니다. 아무리 약한 자라도 강한 자를 이길 수도
있다.

포도밭
이야기

굶주린 여우 한 마리가 포도밭 주위를 돌면서 어떻게 해서든지 그 속으로 숨어 들어가려 하고 있었다. 그러나 울타리 때문에 그 안으로 기어 들어갈 수 없었다. 그래서 여우는 궁리 끝에 사흘을 굶어 살을 뺀 뒤에 간신히 울타리 틈 사이로 들어가는 데 성공했다. 포도밭 안으로 들어간 여우는 맛있는 포도를 실컷 따먹은 다음 그곳에서 나오려고 했지만 너무나 배가 불러 포도밭을 빠져 나올 수 없었다. 그래서 여우는 할 수 없이 다시 사흘 동안 굶어 몸을 마르게 한 뒤에야 겨우 빠져 나올 수 있었다. 이때 여우가 탄식하며 말했다.

"배가 고프기는 들어올 때나 나올 때나 마찬가지로군."

이 세상도 포도밭과 마찬가지다. 사람은 태어날 때 주먹을 꼭 쥐고 태어난다. 마치 "이 세상 모든 것이 다 내 것이다." 라고 말하는 것 같다. 그러나 막상 세상을 떠날 때에는 손을 활짝 펴고 죽는다. 마치 빈손으로 떠나는 것을 보여 주기라도 하듯 말이다. 그래서 사람이 죽는 것을 '살수인환(撒手人寰 · 이 세상과 손을 뗀다.)'이라고 한다. 사람이 세상을 떠날 때 가져갈 수 있는 것은 돈이나 권력이 아니다. 오직 토라와 선행이다. 탈무드는 "그것이 네가 다닐 때에 너를 인도하며, 잠 잘 때에 너를 보호하며, 깨어날 때에 너와 더불어 말하리라."라는 대목에서 "네가 다닐 때에 너를 인도하며"는 현 세상을, "잠 잘 때에 너를 보호하며"는 죽음을, "깨어날 때에 너와 더불어 말하리라."는 사후 세계를 의미한다.

초승달 모양의 금귀고리
비잔틴(Byzantine)풍으로 우마이야조 (Umayyad, 661~749년) 시기에 제작되었으며 베트셰안(BeitShe'an)에서 발견되었다. 예루살렘 이스라엘박물관 소장.

현명한
사람

　　어떤 배가 항해를 계속하던 중에 심한 폭풍우를 만나 길을 잃고 말았다. 다음날 아침 바다는 다시 잠잠해졌고, 배는 아름다운 섬에 닿아 있었다. 사람들은 항구에 닻을 내리고 잠시 쉬어 가기로 했다.

　　섬에는 아름다운 꽃들이 활짝 피어 있었고, 먹음직스러운 과일들이 주렁주렁 매달린 나무들은 신선한 녹음을 드리우고 있었다. 또, 온갖 새들이 즐겁게 지저귀고 있었다.

　　배에 탄 사람들은 다섯 그룹으로 나뉘었다.

　　첫 번째 그룹은 자신들이 섬에 머무르는 동안 순풍이 불어와 배가 떠나버릴지도 모른다고 생각했기에 아예 상륙조차 하지 않고 배에 남아 있었다.

　　두 번째 그룹은 서둘러 섬에 올라가 향기로운 꽃향기를 맡고 나무

솔로몬의 기도

솔로몬이 기도하기를, 주 하느님, 당신께서 저희 조상들을 이집트에서 이끌어 내실 때에 당신의 종 모세를 통하여 말씀하신 대로, 세상의 모든 민족들 가운데에서 그들을 가려내시어 당신 소유물로 삼으셨기 때문입니다."

사람의 도리

그늘 아래에서 맛있는 과일을 따 먹고는 기운을 되찾아 곧 배로 돌아왔다.

세 번째 그룹은 순풍이 불어오자 배가 떠나는 줄 알고 당황하여 돌아왔기 때문에 소지품을 잃어버렸고 자신들이 앉아 있던 배 안의 좋은 자리마저 빼앗겼다.

네 번째 그룹은 선원들이 닻을 올리는 것을 보았지만, 돛을 달려면 아직 시간이 있으며 선장이 자신들을 남겨 두고 떠나지는 않으리라 생각하고는 계속 섬에 남아 있었다. 그러다가 배가 항구를 떠나가는 것을 보고 나서야 부랴부랴 헤엄을 쳐서 가까스로 배에 올랐다. 그들이 바위나 뱃전에 부딪쳐 입은 상처는 항해가 끝날 때까지도 아물지 않았다.

다섯 번째 그룹은 너무 많이 먹고 아름다운 경치에 도취되어 배의 출항을 알리는 소리조차 듣지 못했다. 그들은 숲속에서 맹수들의 밥이 되거나 독이 있는 열매를 먹고 병이 들어 마침내 모두 죽고 말았다.

이 이야기에 나오는 배는 인생에서의 선행(善行)을 상징하며 섬은 쾌락을 상징한다.

첫 번째 그룹은 쾌락을 조금도 맛보려 하지 않았다.

두 번째 그룹은 쾌락을 어느 정도 맛보았으나 배를 타고 목적지에 가야 하는 의무를 잊지 않은 가장 현명한 그룹이다.

세 번째 그룹은 쾌락에 지나치게 빠지지 않고 돌아왔으나 고생을 좀 했다.

네 번째 그룹은 결국 선상으로 돌아오기는 했으나 너무 늦게 돌아오는 바람에 목적지에 도착할 때까지 그 상처가 아물지 않았다.

아시리아의 평화
예루살렘 부근에 있는 키드론 계곡. 기원전 1세기.

사람의 도리

다섯 번째 그룹은 인간이 가장 빠지기 쉬운 함정이 어디인가를 잘 보여준다. 그들은 평생 허영심 속에 살거나 앞날의 일을 잊어버린 채 사는 사람들로 달콤한 과일 속에 들어 있는 독을 먹고 죽고 말았다.

여러분이라면 이 다섯 그룹 중 어디에 속하고 싶은가?

일곱 번 변하는
남자의 일생

한 살의 남자는 침대에 누워 왕 대접을 받는다. 온 식구의 극진한 사랑을 받으며 자란다.

두 살의 남자는 새끼 돼지처럼 온 사방을 기어 다니며 진흙탕 속을 마구 뒹군다.

열 살의 남자는 즐거운 새끼 양처럼 천방지축 웃고 떠들고 마음껏 뛰어 다닌다.

열여덟 살의 남자는 다 자랐기 때문에 사나운 말을 타고 달리는 꿈을 꾼다. 그리고 자신의 힘을 과시하고 싶어 한다.

결혼한 남자는 당나귀처럼 가정이라는 무거운 짐을 지고 고개를 숙이며 힘겹게 앞으로 나아간다.

중년의 남자는 가족을 먹여 살리기 위해 개처럼 꼬리를 흔들면서 사람들에게 호의를 구걸한다.

노년의 남자는 점점 허리가 굽어 원숭이처럼 변해 간다. 어린 아이와 같아지지만 아무도 관심을 가지지 않는다.

남자는 여섯 살 때 '성경'을 배우고, 열 살이 되면 '미쉬나'를 배우며, 열세 살에 계명을 익히고, 열다섯 살부터는 탈무드를 공부한다. 열여덟 살에는 사랑하고, 스무 살에 일을 시작한다. 서른이 되면 장년층에 접어들고, 마흔에는 깨달음을 얻고, 쉰에는 생각이 깊

잃어버린 양을 찾아
어깨에 맨 목동
이탈레이아 대성당의
바닥 모자이크 일부,
이탈리아.

Talmud

어지며, 예순에는 노년기에 들어간다. 일흔에는 귀밑머리가 하얗게 세고, 팔순까지 살면 큰 은혜를 입은 것이다. 아흔에는 늙고 쇠약해져 등이 굽고, 백 살이 되면 비록 살아 있어도 죽은 것과 같다.

랍비 바알 셈 토브가 제자와 함께 여행을 떠났다. 어느 날 그들은 매우 척박한 사막을 지나게 됐는데 마침 마실 물이 바닥나고 말았다. 제자는 목이 말라 참을 수 없게 되자 스승을 원망하기 시작했다. 그러나 스승은 입을 꾹 다물고 계속 길을 걸었다. 시간이 흘러 제자는 생명의 위협을 느끼고 큰 소리로 스승을 불러 물었다.

"선생님, 지금 제 목이 타는 듯합니다. 이렇게 죽어야 합니까?"

스승이 대답했다.

"믿느냐? 하느님이 세상을 창조하실 때 오늘 일을 예상하고 미리 마실 물을 준비해 놓으셨다는 걸."

"저는 그분을 믿습니다. 그리고 하느님께서 세상 모든 일을 굽어 살피고 계신다는 것도 믿고 있습니다."

"그렇다면 조금만 더 인내심을 가지고 기다려 보자꾸나."

그렇게 얼마의 시간이 흐르고 그들 앞에 등에 물통을 진 남자가 나타났다. 스승과 제자는 그에게 돈을 주고 물을 얻었다. 랍비가 물통을 진 남자에게 물었다.

"당신은 어쩐 일로 혼자 물통을 메고 이 황량한 지역을 지나가는 것이오?"

　"주인님께서 저를 보냈습니다. 제게 아무도 모르는 냇가에 가서 물을 길어 오라고 하셨습니다. 물을 지고 먼 길을 걸어오는 동안 이런 일이 있을 거라곤 상상도 하지 못했습니다."

　랍비는 고개를 돌려 제자에게 말했다.

　"하느님의 마음은 참으로 깊으시구나."

사자 두 마리와 종려나무를 호위하는 메노라(Menorah, 7갈래의 촛대) 가자지구에 있는 유대교 회당. 서기 6세기. 현재 이스라엘국립박물관 소장.

영혼의
종착역

인간의 영혼은 하느님의 영혼과 비슷하다. 우리 인간은 하느님의 모상대로 창조되었으므로 하느님과 비슷한 특징을 가졌다. 그뿐만 아니라 그분과의 혈연관계도 성립되며 다른 생명체보다 우월하다.

따라서 우리는 영혼의 순수함을 유지하고, 정화하기 위해 보다 많은 노력을 기울여야 한다. 그럴 때마다 행복지수가 높아진다. 그러므로 지상에서 이런 삶을 살 때 우리는 우리의 영혼을 하느님께 되돌려 드리게 되는 것이다. 그분은 우리가 현세에서 자신을 닮은 존재로 살아가기를 바라기 때문이다.

어떤 왕이 화려한 옷을 두 명의 노예에게 건네주었다. 현명한 노예는 그 옷을 잘 개어 상자 속에 보관했으나 우둔한 노예는 그 옷을 입고 일을 했다. 얼마 후 왕이 다시 옷을 가져오라고 하자 현명한 노예는 깨끗한 상태로 되돌려 주었고, 우둔한 노예는 더럽혀진 옷을 되돌려 주었다.

왕은 현명한 노예를 칭찬한 뒤 고향으로 돌려보냈지만, 우둔한 노예에게는 큰 화를 내면서 감옥에 가두었다. 현명한 노예는 주인의 뜻을 잘 파악해 자유를 얻었지만, 우둔한 노예는 속박의 삶을 살았다.

어떤 랍비가 안식일에 회당에서 설교를 하고 있을 때, 갑자기 그의 두 자녀가 집에서 죽고 말았다. 아내는 두 아이의 시체를 이층으로 옮긴 뒤 하얀 천을 덮어 주었다.

랍비가 집에 돌아오자 아내가 말했다.

"당신에게 여쭤 볼 게 있어요. 어떤 사람이 나한테 귀중한 보석을 잘 보관해 달라며 맡기고 갔어요. 그런데 갑자기 그 사람이 찾아와 그 보석을 돌려 달라고 하네요. 이럴 때 어떻게 해야 할까요?"

그러자 랍비는 이렇게 대답했다.

"두말할 것도 없이 주인에게 돌려줘야 하겠지."

그때 아내가 울먹이며 대답했다.

"실은 조금 전에 하느님이 우리에게 맡기셨던 귀중한 보석 2개를 찾아 가지고 하늘로 돌아갔어요."

이처럼 우리도 언제, 어떤 방식으로 하느님이 불러 갈지 모른다. 그때를 대비하여 항상 깨어 사랑하는 삶을 살아야 한다.

이스라엘 가버나움 회당의 기도실 경관
서기 3~4세기.

정직한 사람의
기도

인간의 정신이 갖춘 자질로 인해
인간과 하느님은 혈연관계로 묶여 있다. 이 관계 때문에 인간은 스
스로 그럴 자격이 있다는 사실을 입증해야 한다. 인간이 신과 같은
형상으로 창조됐다는 것은 영광스러운 일이다. 따라서 인간은 삶을
통해서 조물주에게 긍정적 평가를 얻어내야 할 책무가 있다.

믿음, 경건, 공평, 선량, 사랑, 진실, 화목은 하느님이 우리에게
부여한 일곱 가지 품성으로 이는 인간이 갖춰야 할 최고 미덕이다.
믿음을 맨 앞자리에 두는 이유는 그것이 인간과 하느님의 관계를
연결해 주는 기본 원칙이자 연결 고리이기 때문이다. 바구니에 빵
을 가지고 있으면서도 내일 먹을 것을 걱정하는 자는 주님에 대한
믿음이 부족한 사람이다.

디오니시 ,
이사야 예언자, 이콘 일부
페라폰트 수도원, 러시아

사람의 도리

하느님은 모세에게 총 613개의 계율을 부여했다. 그중 365개는 인간이 금지해야 할 행동으로 1년 365일과 비견된다. 이는 인간이 선하기보다는 악하며 쉽게 죄에 떨어질 수 있다는 사실을 의미한다. 나머지 248개는 인간이 해야 할 행동으로 인체의 뼈마디 개수와 같다. 이는 곧 인간의 영혼이 선한 방향으로 나아가야 함을 가르쳐 준다.

믿음이 가장 잘 드러나는 순간은 기도할 때이다. 하느님을 신실하게 믿고, 하느님이 자신을 사랑하심을 진실로 받아들이는 사람만이 기도를 할 수 있기 때문이다. 이는 기도가 단지 하느님께 무언가를 바라는 행위만이 아니라, 인간과 조물주의 관계를 더욱 친밀하고 돈독하게 해 주는 가교 역할을 한다는 뜻이다. 하느님은 정직한 사람의 기도를 원하신다. 정직한 사람의 기도는 종종 삽에 비유된다. 삽이 한 곳의 흙을 다른 곳으로 옮겨 주는 것과 같이 기도는 우리의 삶을 사랑으로 변화시켜 준다.

자유
의지

악의 충동은 선의 충동보다 13년 먼저 시작된다. 악은 아기가 어머니 몸에서 태어날 때부터 함께 생겨나 한평생을 따라다닌다. 악은 인간이 안식일을 모독하고 살인을 저지르며 타락하도록 유도하지만 인간은 어떠한 저항도 하지 못한다. 그러다 13년이 지나면 선의 반격이 시작된다. 성경에서 '안식일을 지키지 않는 자는 죽임을 당할 것이며, 남을 피 흘리게 하는 자 역시 자신의 피를 흘리게 되리라.' 고 했듯이 말이다.

악의 충동은 자연적으로 생겨난 인간의 본성일 뿐이고 특히 성욕은, 원래부터 나쁜 것이 아니었다. 하느님의 창조물 중에 나쁜 것은 존재하지 않는다. 단지 인간이 그것을 남용하기 시작하면서 사악해졌을 뿐이다. 만약 이러한 성적 충동이 없었다면 인간은 집을 짓고, 결혼하고, 자녀를 낳아 기르고, 노동을 할 필요가 없었을 것이다. 따라서 우리는 악의 충동을 억제할 때에야 비로소 자신의 생명과 재산을 지킬 수 있는 것이다.

악의 충동은 구리와 같아서 불속에서는 어떤 모양이든 생각대로 만들 수 있다.

인간이 악에 대한 충동을 가지고 있지 않다면, 집도 짓지 않고, 아내도 얻지 않고, 아이도 낳지 않고, 일도 하지 않을 것이다.

만약 우리가 악에 대한 충동에 사로잡혀 있다면 그것을 몰아내기 위해 무언가를 배우는 데 열심이어야 한다.

다른 어느 누구보다 뛰어난 사람은 악에 대한 충동도 그만큼 크다.

이 세상에는 올바른 일만 하는 사람은 있을 수 없다.

악의 충동은 달콤하지만 끝은 매우 쓰다.

죄는 태어날 때부터 이미 인간의 미음에 싹터, 인간이 성장함에 따라 점점 커간다.

죄는 미워하되 사람은 미워하지 말라.

죄는 처음에는 여자처럼 연약하지만, 내버려두면 남자처럼 강해진다.

죄는 처음에는 거미줄처럼 가늘지만, 나중에는 배를 묶어 두는 밧줄처럼 굵어진다.

죄는 처음에는 손님처럼 행동하지만, 그대로 두면 주인 행세를 한다.

악의 충동은 결국 악한 행동으로 이어진다. 악 또한 인간의 본성 중 하나이기 때문이다. 또 인간에게는 악의 충동이 있으므로 회심의 기회도 얻을 수 있다. 한마디로 말해 악이 없다면 선 역시 존재의 의미가 없다. 동물이나 식물에는 도덕이라는 개념이 없기 때문에 악의 충동도 없다. 하느님은 성경에서 "나는 처음이요 마지막이어서 나 외에 다른 신은 없다."고 했다. 인간에게 '다른 신'이 존재한다면 그것은 바로 악의 충동이다.

악의 충동은 처음에는 길 가는 나그네 같았다가 점차 집을 빌려 사는 세입자가 되고 나중에는 집주인 행세를 한다. 처음에는 인간에게 사소한 잘못을 저지르게 하다가 그다음에는 조금 더 큰 잘못을 하도록 부추기고 나중에는 죄를 저지르도록 유혹한다.

사악한 사람은 마음의 지배를 받지만 정직한 사람은 자신의 마음을 지배한다. 능력 있는 사람은 누구인가? 바로 악의 충동을 억제할 수 있는 사람이다. 내세에서 하느님은 좋은 사람과 나쁜 사람들을 불문하고 악의 충동을 제거하실 것이다. 그러면 정직한 사람은 큰 산을 볼 것이고, 악한 사람은 솜털을 보게 될 것이다. 이때 두 사람

사람의 도리

유대교 청동 등잔
서기 5~6세기. 현재 예루살렘에 있는 이스라엘박물관 소장.

그리스도교 청동 등잔
서기 5~6세기. 현재 예루살렘에 있는 이스라엘박물관 소장.

Talmud

은 모두 울음을 터뜨릴 것이다. 정직한 사람은 울면서 "내가 이렇게 큰 산을 어떻게 정복했을까?"라고 말할 것이고, 사악한 사람은 울면서 "나는 왜 이런 솜털 하나도 정복하지 못했을까?"라고 말할 것이다.

인간의 품성은 개개인의 욕망이 만들어낸다. 이렇듯 인간은 원하기만 하면 자신에게 주어진 기회를 활용할 수 있지만 항상 그렇게 해서는 안 된다. 악의 충동은 시도 때도 없이 우리를 유혹하기 때문이다. 그러니 유혹에 져서 실패한 자는 모든 일을 스스로 책임져야 한다.

선한 품성

옛날 어느 마을에 딸만 셋을 둔 아버지가 있었다. 세 자매는 모두 미인이었지만 저마다 흠을 한 가지씩 가지고 있었다. 첫째 딸은 만사가 귀찮은 게으름뱅이였고, 둘째 딸은 틈만 나면 남의 물건을 훔쳤다. 셋째 딸은 매일같이 다른 사람을 험담하곤 했다.

그러던 어느 날 아들 셋을 둔 이웃집 부자가 찾아와 세 딸을 모두 자기네 집으로 시집보내지 않겠느냐고 물어왔다. 세 자매의 아버지가 자기 딸들이 가진 문제를 털어놓자 부자는 자신이 딸들을 책임질 수 있다며 자신만만했다.

이렇게 해서 세 자매는 시집을 가게 되었다. 시아버지는 게으름뱅이 첫째 며느리에게 여러 명의 하녀들을 붙여주었고, 남의 것을 훔치는 버릇이 있는 둘째 며느리에게는 큰 창고의 열쇠를 맡기며 무엇이든지 갖도록 해주었다. 남을 헐뜯기 좋아하는 셋째 며느리에게는 매일 아침 오늘은 험담할 것이 없느냐고 물었다.

어느 날 친정아버지는 딸들이 어떻게 지내고 있는지 궁금해 사돈댁을 찾아갔다. 첫째 딸은 얼마든지 게으름을 피울 수 있어 즐겁다고 말했고, 둘째 딸은 갖고 싶은 것은 무엇이든지 가질 수 있어 좋다고 말했다. 그러나 셋째 딸은 시아버지가 자신에게 남녀 관계를 꼬치꼬치 캐물어 대는 통에 괴롭다고 대답했다. 하지만 친정아버지는 셋째 딸이 하는 말을 믿지 않았다. 왜냐하면 셋째 딸은 자신의 시아버지까지도 헐뜯고 욕하고 있었기 때문이다.

과거 삼마이 학파와 힐렐 학파는 2년 반 동안 서로 상반되는 주장을 하며 대립했다. 전자는 인간이 창조되었기 때문에 세상이 아름다워졌다고 했고, 후자는 인간이 창조되지 않았더라면 세상이 더 아름다워졌을 것이라고 했다. 당시 두 학파의 견해가 표결에 부쳐졌는데 "차라리 인간이 창조되지 않았더라면 이 세상이 더 아름다워졌을 것"이라는 의견이 대다수를 차지했다. 하지만 인간은 이미 창조되었고 그런 이상 스스로의 행동에 대해 반성하며 살아야 한다는 결론을 내렸다.

세상에는 네 가지 필요한 것이 있다. 금과 은, 철과 구리가 그것이다. 그러나 이런 것들은 얼마든지 다른 물건으로 대체할 수 있다. 진정으로 대체 불가능한 것은 착한 사람과 그의 선한 품성이다.

탈무드는 착한 사람을 종종 나무에 비유하곤 한다. 그들은 커다란 야자나무처럼 무성하게 자라고 레바논의 백향목처럼 늠름하게 높이 솟은 존재다. 그러므로 착한 사람과 그가 가진 선한 품성은 한눈에 알아볼 수 있다.

참회와
속죄

인간은 천성적으로 악한 충동을 지니고 있어 쉽게 죄를 짓지만 정의는 우리에게 구원을 위한 해독제 역할을 한다. 그 해독제는 바로 참회이다. 참회는 악의 충동이 홍수처럼 범람하는 것을 막아 주고 완화시켜 준다. 나아가 죄악의 잔재로 덮여 있던 삶의 길을 환하게 밝혀 준다. 따라서 참회는 그 무엇보다 위대한 행위이다. 인간은 행복할 때보다 고통스러울 때 더 기뻐해야 한다. 평생 행복한 사람은 그가 저지른 죄를 아직 용서받지 못했음을 의미하기 때문이다. 그러나 수많은 고통과 어려움을 겪은 사람은 자신의 죄를 용서받는다.

지독하게 가난한 사람, 장기간의 질환으로 고생한 사람, 그리고 폭정으로 고통 받은 사람은 지옥에 가지 않는다. 이들은 극심한 고통 속에서도 자신이 지은 죄를 정화했기 때문이다.

죄를 지은 사람이 있다면 반드시 참회해야 한다. 그렇지 않으면 그의 죄는 영원히 씻어지지 않는다. 참회는 인간의 죄를 씻을 수 있는 최후의 방법이기 때문이다. 그러니 참회할 때는 진실한 자세로 임해야 한다. "나는 죄를 짓고 나서 참회할 거야. 그리고 다시 죄를 지으면 또 참회하면 되지."라는 생각을 가진 사람은 참회할 필요가 없다. 죄를 짓고 진심으로 부끄러워하는 자만이 죄를 용서받을 수 있는 것이다.

양심의 가책은 수많은 갈등을 이겨낸다. 비록 온갖 악행을 저지른 자도 참회만 한다면 죄의 사함을 받을 것이다.

우둔한 자

　　　　어느 날 예루살렘 총독이 유대인
의 금욕주의를 질타하자 랍비들이 이렇게 반문했다.

　"선지자들의 가르침은 모든 사람을 대상으로 한 것으로 대다수
사람이 지키기 힘든 기준을 만들어 놓았습니다. 그렇다면 이런 가
르침은 본래의 지침을 떨어뜨린 것일까요? 그렇지 않으면 사람들
로 하여금 법률과 계율을 위반하도록 유도하는 것일까요?"

　미쉬나는 "우둔한 신자가 세상을 멸망시킨다."고 했다. 그렇다
면 우둔한 신자는 어떤 사람인가?

　어린 아이가 강에 빠지는 것을 보고도 "기도를 마치고 나서 구해
줄게."라고 말하는 자는 우둔한 신자라고 할 수 있다. 그가 기도를
마쳤을 때 아이는 이미 강에 빠져 죽었을 것이기 때문이다.

　이런 자야말로 우둔한 자의 전형이다.

평판

아버지가 임종을 앞두고 있었다. 학업성적이 상당히 우수했던 아들이 아버지에게 말했다.

"아버지, 돌아가시기 전에 부디 아버지 친구들께 제가 얼마나 공부를 잘 하는지, 얼마나 실력이 늘었는지 말씀 좀 해 주십시오."

"아들아, 나는 추천해 주지 않겠다. 평판이야말로 무엇보다 가장 좋은 소개장이니까."

진정한
가난

두 사람이 랍비에게 상담하러 갔다. 한 사람은 그 마을의 최고 부자이며, 또 한 사람은 가장 가난한 사람이었다.

두 사람이 대기실에서 기다리고 있었다. 먼저 도착한 부자가 랍비의 방으로 들어갔다. 그러고는 한 시간이나 지나 밖으로 나왔다. 이어 가난한 사람이 랍비의 방으로 들어갔는데, 면담은 단 5분 만에 끝났다. 가난한 사람은 언짢은 생각이 들어 랍비에게 항의했다.

"부자와의 면담은 한 시간이나 걸렸습니다. 그런데 저는 단 5분밖에 걸리지 않았습니다. 이것이 공평한 건가요?"

"진정하세요. 선생은 자신의 가난함을 알고 있었지만 부자는 자신의 마음이 가난하다는 사실을 알기까지 꽤나 많은 시간이 걸렸다고요."

사람의 도리

육신과
영혼

어느 이교도가 유대인 랍비에게 말했다. "육신과 영혼은 모두 심판받지 않을 것입니다. 육신과 영혼은 서로 상대방에게 잘못이 있다고 할 테니까요."

랍비가 대답했다.

"내가 우화 하나를 들려줄 테니 잘 생각해 보시오. 옛날 한 왕에게 아름다운 과수원이 있었소. 과수원에 과일이 탐스럽게 열리자 왕은 두 사람의 경비원을 두어 그 나무를 지키게 하였소. 한 사람은 장님이었고, 또 한 사람은 절름발이였소. 그런데 이 두 사람이 한 패가 되어 과일을 따 먹자고 흉계를 꾸몄다오. 그리하여 절름발이가 장님의 어깨를 밟고 과일을 따서 실컷 먹었지. 왕이 몹시 화가 나서 두 사람을 불러 추궁했소. 절름발이는 '절름발이가 어떻게 나무에 오를 수 있겠느냐'고 둘러댔고, 장님도 '앞을 볼 수 없는 제가

제사 혹은 장례 장면을 조각한 부조(浮彫)
다마스쿠스, 서기 2세기의 작품. 현재 다마스쿠스 국립박물관에 소장돼 있음.

어떻게 과일을 딸 수 있겠느냐'고 항변하였소. 왕은 이 일을 어떻게

처리했을까요? 왕은 그들의 변명을 듣지 않고 절름발이를 장님의

어깨에 올라서게 한 뒤 두 사람을 모두 심판했소. 하느님도 마찬가

지로 죄를 심판할 때 먼저 영혼을 끄집어내어 육체에 넣은 뒤 함께

심판하십니다."

누구든 단두대에 올라 사형을 받게 되었을 때 무죄를 증명해 줄 변호사를 구할 수 있다면 목숨을 구할 수 있다. 하지만 그런 변호사를 구하지 못한다면 조용히 죽어갈 수밖에 없다. 세상에서 가장 위대한 변호사는 바로 '참회'와 '선행'이다.

랍비 엘리사가 말했다.

"999명의 천사가 어떤 사람의 유죄를 주장하더라도 단 한 명의 천사가 그의 무죄를 주장하면 그 사람은 구원을 받는다."

아무리 정직한 사람도 참회하는 자가 서 있던 자리에 서게 되면 부끄러움을 느끼게 된다.

랍비 마르크는 상대하지 않은 매춘부가 한 명도 없을 정도로 호색한이었다. 어느 날 해변에 사는 매춘부가 단돈 1디나르에 손님을 받는다는 소문이 돌자 그는 1디나르를 가지고 강을 일곱 개나 건너 그녀를 찾아갔다. 한걸음에 달려온 마르크를 본 매춘부가 한숨을 쉬며 말했다.

"내가 내쉰 한숨이 다시 돌아오지 못하듯 당신도 영원히 구원받지 못할 것입니다."

만약 고통 혹은 죽음의 순간이 찾아왔다면 먼저 자신의 과거를 돌아보라. 과거에 그 어떤 죄도 짓지 않았다는 생각이 들면, 이번에는 탈무드의 가르침을 소홀히 하지 않았는지 반성해 보라.

그런 뒤에도 어떠한 잘못도 발견하지 못했다면 그 고통이 '사랑의 고통'임을 알라. 성경은 "아들아, 하느님께서는 사랑하는 자를 징계하신다."고 했다. 그렇다. 전지전능하신 하느님은 한 사람 한 사람을 사랑하시므로 고통과 아픔으로 다가가신다.

하느님은 정직한 사람과 악한 사람 모두에게 똑같이 엄하시다. 그분이 현세에서 정직한 자들이 지은 작은 잘못까지도 벌하시는 까닭은 더 나은 내세의 삶을 주시기 위해서다. 그러나 악한 자들에게 현세의 편안한 삶을 주시고 그들이 행한 약간의 선행에 대해 칭찬을 아끼지 않는 까닭은 그들에게도 천국에서의 삶을 보여 주기 위함이다.

전승에 의하면 모세가 천국에 들어가자 하느님은 그에게 랍비 아키바가 훗날 이루게 될 공적을 미리 보여 주셨다. 아키바는 의롭게 살다 죽은 최고 랍비 중 한 명이다.

모세가 말했다.

"우주의 주인이시여, 당신은 이미 그의 공로를 제게 보여 주셨습니다. 이번에는 그가 받게 될 상도 보여 주십시오."

"뒤로 돌아서거라."

하느님의 말씀에 뒤로 돌아 선 모세는 아키바가 얼마나 비참한 모습으로 생을 마감했는지 보게 되었다. 마침 상인들이 그의 시체를 잘라 저잣거리에서 팔고 있었다. 경악한 모세가 눈물을 흘리며 말했다.

"우주의 주인이시여! 저것이 바로 수많은 공을 쌓은 랍비가 받는 상이란 말씀입니까?"

"더 이상 말하지 말라." 이어 그분은 이렇게 말씀하셨다.

"그것이 그의 운명이기 때문이니라."

야훼께서 폭풍 속에서 욥에게 대답하셨다.

부질없는 말로 나의 뜻을 가리는 자가 누구냐.

대장부답게 허리를 묶고 나서라.

나 이제 물을 터이니 알거든 대답해 보아라.

내가 땅의 기초를 놓을 때에 너는 어디 있었느냐.

그렇게 세상 물정을 잘 알거든 말해 보아라.

누가 이 땅을 설계했느냐.

그 누가 줄을 치고 금을 그었느냐.

어디에 땅을 받치는 기둥이 박혀 있느냐.

그 누가 세상의 주춧돌을 놓았느냐.

그때 새벽별들이 함께 노래하며 하느님의

천사들도 기쁘게 합창하였느니라.

매가 너의 충고를 받아 날개를 펴고

남쪽으로 날아가는 줄 아느냐?

하늘 높이 치솟아 험준한 벼랑 바위틈에

보금자리를 틀고 밤을 지내며

그 높은 데서 먹이를 찾아

눈을 부릅뜨고 살핀다.

피 묻은 고기로 새끼를 키우니

주검이 있는 곳에 어찌 독수리가 모이지 않겠느냐.

-하느님이 계속 물으셨다.

하느님을 대항하여 훈계할 수 있는가?

하느님을 비방하고 모독하는 자야 대답하여라.

-욥이 야훼께 대답하였다.

알았습니다.

당신께서는 못하실 일이 없으십니다.

계획하신 일은 무엇이든지 이루십니다.

부질없는 말로 당신의 뜻을 가렸던 자,

그것은 바로 저였습니다.

이 머리로는 헤아릴 수 없는 신비한 일들을

영문도 모르면서 함부로 지껄였습니다.

당신께서 어떤 분이시라는 것을 소문으로 겨우 들었는데,

이제 저는 이 눈으로 주를 뵈옵고,

제 말이 잘못되었음을 깨닫고

티끌과 잿더미 가운데 앉아서 뉘우칩니다.

제1계명

　　　　　　모세는 하느님으로부터 613개의
계율을 받았는데 그중 365개는 일 년 365일에 해당하는 계율로 "하
지 말라."는 소극적 계명이고, 248개의 계율은 인체의 모든 개체 수
에 해당하는 "하라."는 적극적 계명이다. 훗날 다윗은 이를 11개로
간추렸고, 이사야 예언자는 이를 다시 6개로 줄였다. 구약에 기록된
6계명은 다음과 같다.

　정직하게 행동하라.

　정직하게 말하라.

　부당한 이익을 취하지 말라.

　뇌물을 받지 말라.

　귀를 막고 추문을 듣지 말라.

눈을 감고 사악한 것을 보지 말라.

미가는 이를 다시 3개로 줄였다.

 정직하게 행동하라.

 선행을 널리 베풀라.

 경건한 마음으로 하느님과 함께 행동하라.

그리고 이사야는 또 이를 2개로 요약했다.

 정직한 모든 일을 따라라.

 정직한 일을 행하라.

마지막으로 하바쿡은 이를 1계명으로 요약했다.

"정직한 자는 신앙의 힘으로 살아간다."

하느님의
마음

한 행인이 아이를 데리고 길을 가고 있었다. 아이가 앞에서 걷자 강도가 와서 아이를 빼앗으려 했다. 아이를 뒤에 세우자 이번에는 이리가 뒤에서 쫓아왔다. 아이를 앞에 세울 수도, 뒤에 세울 수도 없게 되자 아버지는 아이를 품에 안고 걸었다. 아이가 햇빛 때문에 눈 뜨기 힘들어하자 아버지는 옷으로 햇빛을 가려 줬다. 배고파하는 아이에게 밥을 먹이고, 목 말라하는 아이에게 물을 마시게 했다. 하느님도 이스라엘을 이집트로부터 구출할 때 이렇게 하셨다.

하느님은 매우 먼 곳에 있는 것 같다. 그러나 거룩하신 주님은 예배당 기둥 뒤에서 낮은 소리로 기도하는 사람의 기도를 모두 듣고 계신다. 이보다 더 가깝게 우리 곁에 계시는 신이 또 있는가? 그분은 마치 입과 귀 사이 거리처럼 매우 가까운 곳에 계신다.

우주는 적당한 때에 창조됐다. 그 전에 우주를 창조하는 것은 적당하지 않았다. 추측컨대 하느님께서는 지금의 이 세상을 창조하시기 전에 다른 세상을 만드셨다가 마음에 드시지 않아 다시 멸망시키기를 여러 번 반복하셨을 것이다. 그리고는 "이 세상은 매우 만족스럽구나."라고 말씀하셨을 것이다.

이 세상의 만사와 만물 가운데 쓸모없는 것은 하나도 없다. 하느님은 부스럼 치료에 쓰기 위해 달팽이를 창조하셨다. 벌독을 치료하기 위해서는 파리를 만드셨고 전갈의 독을 해독하기 위해 모기를 만드셨다.

하느님은 어려움에 처한 사람에게 어떤 말씀을 하실까? "내 마음이 무겁고, 내 팔도 무겁도다."라고 하신다. 전능하신 하느님은 악인이 피를 흘릴 때에도 슬퍼하시니 착한 사람이 피를 흘리면 얼마나 더 슬퍼하실까.

하느님이 이스라엘에게 말했다.

"나의 아들아, 내가 창조한 우주 만물은 모두 짝을 이루었느니라. 하늘과 땅이 한 쌍이요, 해와 달이 한 쌍이다. 아담과 이브도 한 쌍이고 현세와 내세가 한 쌍이니라. 단 나의 영광만은 세상에 하나밖에 없느니라."

로마의 여성 총관 한 명이 랍비에게 말했다.

"당신들의 하느님은 불공평하신 분입니다. 언제나 하느님께 순종하는 사람만 편애하시는군요."

랍비는 무화과 한 바구니를 그에게 가져다주면서 먹으라고 했다. 그 여인은 좋은 것만 골라서 먹었다. 그러자 랍비가 말했다.

"당신은 왜 좋은 것만 골라서 먹습니까? 하느님도 이렇듯 좋은 사람을 골라서 씁니다. 하느님은 품행이 우수한 사람을 골라서 가까이에 두십니다."

랍비들은 하느님이 우주의 심판관임을 믿고 있으며 하느님을 '인자하신 분'이라고 즐겨 부른다. 또 사람들에게 설교하기를 "세상은 하느님의 은혜와 자비로움에 힘입어 질서가 잡혀 있다."고 말한다.

하느님은 우주를 만들기 전에 물, 바람과 불 이 세 가지를 먼저 창조하셨다. 물은 어둠을 잉태해 탄생시켰다. 또 불은 빛을 잉태해 탄생시켰고, 바람은 지혜를 잉태해 탄생시켰다. 그래서 우주는 바람, 지혜, 불, 빛, 어둠과 물 이 여섯 가지로 이뤄졌다.

왕이 궁전을 지으면 그것을 구경하는 사람들은 이러쿵저러쿵 말이 많다.

"기둥이 조금만 더 높았으면 좋겠다.", "벽이 조금만 더 높았으면 좋겠다.", "지붕이 조금만 더 높았으면 좋겠다." 하는 식이다. 그러나 "눈이 세 개였으면 좋겠다.", "팔이 세 개였으면 좋겠다.", "얼굴이 반대 방향을 향했으면 좋겠다." 라고 말하지는 않는다. 그 이유는 지고무상하신 만물의 왕이시요, 거룩하신 하느님께서 자신의 궁전을 지을 때처럼 모든 사람들의 인체 기관을 인체의 가장 적합한 위치에 놓으셨기 때문이다.

아들이 나쁜 길로 들어서자 왕은 아들의 스승을 보내 자신의 뜻을 전했다.

"내 아들아, 돌아오너라."

아들이 대답했다.

"아버지 앞에 나아갈 면목이 없습니다."

그러자 아버지가 또 말했다.

"아들이 아버지 옆으로 돌아오는 것은 부끄러운 일이 아니니라."

인간은 거룩하신 하느님, 생부와 생모 이 셋의 공동 작업을 통해 만들어진다. 생부가 제공하는 백색 질은 인체의 골격, 힘줄과 근육, 손톱과 발톱, 대뇌, 눈의 흰자위를 형성한다. 생모가 제공하는 적색 질은 피부, 피와 체지방, 모발 및 눈동자를 형성한다. 마지막으로 거룩하신 하느님은 인체에 호흡, 영혼, 성격, 시력, 청각, 언어, 힘, 깨달음과 지혜를 부여하신다. 즉 부모는 자녀의 육체만 만들어 줄 뿐 사람의 능력과 인성은 모두 하느님으로부터 받은 것이다.

이집트인들을 홍해에서 크게 물리친 뒤 천사가 하느님께 승리를 찬송하는 노래를 올리려고 하자 그분은 말리시면서 말씀하였다.

"내가 친히 창조한 피조물들이 바다에 빠져 죽었는데 너희들은 내게 찬미가를 올리려 하느냐?"

TALMUD BY SENIA

2
자신과 타인

우리가 자신을 위해

노력하지 않는다면

누구를 믿을 수 있을까?

우리가 자신만을 위해 노력한다면

어떻게 될까?

우리가 아직 깨닫지 못했다면

언제 깨닫게 될까?

나는
누구인가?

　　　　　　　너와 네 이웃은 어느 누구도 모두 소중하다. 네가 무엇을 필요로 하는 것처럼 네 이웃도 똑같이 뭔가를 필요로 한다. 자신을 만족시키기 위해서는 재산을 가족, 친구, 사회에 기부해야 한다. 나 자신만을 생각할 것이 아니라 타인을 배려하는 마음도 꾸준히 키워야 한다. 자아실현은 타락한 세상을 피해 사는 것도, 혼자만의 세계에 남아 세상과 담을 쌓는 것도 아니다. 사회활동에 적극 참여하고 세상에 기여할 때 비로소 실현할 수 있는 것이다.

자기 자신을 존중하되 결코 자만하지 말라.

자신에게 주어진 삶을 최대한 누리되 재물의 노예가 되지 말라.

성공을 위해 최선을 다하되 지나치게 잘난 체하지 말라.

Talmud

분수를 알아라.

자신의 능력을 키우되 과신하지 말라.

우리가 애써 노력하지 않는다면 무엇을 성취할 수 있을까.

우리가 자신만을 위해 노력한다면 어떻게 될까.

아직 그것을 깨닫지 못했다면 언제 깨닫게 될까.

죽어 천당에 간 사람은 다음과 같은 질문을 받는다.

성실하게 일을 했는가?

배움을 위해 시간을 투자했는가?

자손의 번식을 위한 일에 동참했는가?

자신의 구원을 위해 노력했는가?

지혜에 대해 토론했는가?

사물의 본질을 깊이 탐구했는가?

하루는 랍비 엘리사가 배고픔에 지쳐 잠이 들었다. 꿈에서 그는 하느님의 오른편에 앉아 있었다. 그가 물었다.

"저는 인간 세상에서 얼마나 더 많은 고통을 겪어야 합니까?"

하느님께서 대답하셨다.

"아들아, 너는 내가 이 세상을 다시 태초 상태로 되돌려 놓기를 원하느냐? 그렇게 된다면 넌 아주 행복해지겠지?"

"제가 어찌 저 혼자만의 행복을 위한 것을 바라겠습니까. 저는 전혀 원하지 않습니다."

그렇게 해서 엘리사는 스스로 인간 세상으로 내려갔다.

철학자들은 이 세상을 비관적으로 보지 않는다. 자기 연민에도 빠지지 않는다.

그들은 자신이 세상에 얼마만큼 기여했느냐에 관심을 가진다.

성정의 근위병과 석비
이스라엘 하솔(Hazor)의 신묘. 기원전 14~13세기. 현재 예루살렘 이스라엘 박물관 소장.

나는 어디에서
왔는가?

자기 자신이 어디에서 왔는지, 어디로 가야 하는지, 누구에게 마음을 털어놓아야 할지 아는 사람은 죄의 유혹에 빠지지 않는다.

"너는 어디에서 왔는가?"

나는 타락한 인간 세상에서 왔다.

"너는 어디로 가는가?"

나는 먼지가 휘날리고, 죽음을 두려워하지 않는 사람들이 모여 사는 곳으로 간다.

"너는 누구에게 속마음을 털어놓을 건가?"

하느님, 신성하고 거룩하신 하느님에게 털어놓을 것이다. 그분은 언제, 어디에서나 나를 지켜 주신다.

Talmud

세상 모든 일에는 기한이 있고 그 일의 목적을 이룰 때가 있다.

날 때가 있고 죽을 때가 있으며

심을 때가 있고 심은 것을 수확할 때가 있으며

죽일 때가 있고 치료할 때가 있으며

헐 때가 있고 세울 때가 있으며

울 때가 있고 웃을 때가 있으며

슬플 때가 있고 기쁠 때가 있으며

돌을 던져 버릴 때가 있고 돌을 거둘 때가 있으며

찾을 때가 있고 잃을 때가 있으며

지킬 때가 있고 버릴 때가 있으며

찢을 때가 있고 꿰맬 때가 있으며

잠잠할 때가 있고 말할 때가 있으며

사랑할 때가 있고 미워할 때가 있으며

전쟁을 벌일 때가 있고 평화로울 때가 있느니라.

이 세상 최초 인간이었던 아담은 빵을 먹기 위하여 얼마나 많은 일을 했을까? 먼저 밭을 갈아 씨를 뿌리고, 그런 뒤 그것을 가꾸어 거둬들여서 빻아 가루를 만들고, 반죽하고, 굽는 등 15단계의 과정을 거쳐야만 했을 것이다. 그러나 지금은 돈만 있으면 손쉽게 빵을 살 수 있다. 옛날에는 혼자서 해야 했던 15단계의 일들을 여러 사람이 나누어 하고 있기 때문이다. 그러므로 빵을 먹을 때에는 많은 사람들에게 감사하는 마음을 잊으면 안 된다. 최초의 인간은 입을 옷 하나를 만들기 위하여 얼마나 많은 일을 해야 했을까.

들에 가서 양을 사로잡아 그것을 키워 털을 깎고, 그 실로 털을 만들어 옷감을 짜고, 그것으로 다시 옷을 지어 입기까지는 많은 수고가 필요했을 것이다. 그런데 지금은 돈만 있으면 양복점에서 마음에 드는 옷을 사 입을 수 있다. 옛날에는 한 사람이 해야 했던 많은 일들을 여러 사람이 나눠서 하고 있기 때문이다. 따라서 옷을 입을 때에는 많은 사람들에게 감사하는 마음을 잊어서는 안 된다.

행복한 삶에
대한 정의

　　　　아름다움, 힘, 재물, 명예, 지혜, 만
족, 자식 등은 올바른 삶이 무엇인지를 일깨워 주는 것들로 세상에
속한 것들이다.

　너는 가서 기분 좋게 네 빵과 포도주를 마셔라. 하느님께서는 이
미 네가 하는 일을 좋아하신다. 네 옷은 항상 깨끗하고 네 머리에는
향유가 모자라지 않게 하여라. 태양 아래에서 너의 모든 생애에, 하
느님께서 베푸신 네 인생의 모든 날에 사랑하는 사람과 더불어 인
생을 마음껏 즐겨라. 이것이 네 인생과 태양 아래에서 애쓰는 너의
수고에 대한 몫이다. 네가 힘껏 해야 할 것으로서 손에 닿는 것은
무엇이나 하여라. 네가 가야 하는 천당에서는 일도 계산도 미움도
원망도 없느니라.

죄과가 따라다니면 물질적인 기쁨은 결코 없다. 예를 들어 진탕 먹고 마시는 악습이 몸에 밴 사람은 사치할 수 있는 기회를 놓치면 큰 재앙을 마주친 것처럼 슬퍼한다. 그 습관을 유지하기 위해서는 어쩔 수 없이 엄청난 돈을 써야 하며 그 과정에서 거짓말, 위선, 그리고 탐욕을 부리게 된다. 그러나 그런 욕망의 유혹에서 벗어나기만 한다면 모든 죄에서 자유로워진다.

달콤한 과일에 벌레가 꼬이듯,
재산이 많으면 그만큼 걱정도 많다.
첩이 많으면 투정 또한 많아지고,
하녀가 많으면 그만큼 풍기도 문란해지고
남자 하인이 많으면 그만큼 집안의
물건도 많이 없어진다.

여행 중이던 랍비가 여관에 묵게 되었다. 그런데 그날 밤 옆집에서 음악소리와 떠들썩하게 웃고 춤추는 소리가 들렸다.
랍비는 "결혼을 축하하는 소린가 보군." 하고 생각했다.
다음날 밤에도 비슷한 소리가 들려왔다. 셋째 날, 넷째 날도 마찬가지였다. 궁금증을 참지 못한 그가 여관 주인에게 물었다.

"한 집에서 도대체 결혼식을 몇 번이나 치르는 거요?"

"그 집은 바로 예식장입니다. 그러니 오늘 결혼을 치른 집과 내일 치르게 될 집은 서로 다르지요."

"아, 모든 게 우리 사는 세상과 마찬가지구나!"

랍비는 작은 소리로 이렇게 중얼거렸다.

"사람은 누구나 행복과 기쁨을 찾는다. 그러나 천년배필을 찾아 올리는 결혼식도 실제로는 행복해 보이지 않는다. 그러니 우리는 영원한 생명과 영원한 행복을 위해 일해야 한다."

자신의 감정을
다스려라

　　　　　　유대인은 전통적으로 어느 정도 분노의 감정을 인정하고 있는데 이는 불공정에 대한 표현 중 하나이므로 매우 중요한 것이다. 그러나 타인에 대한 무절제한 분노나 이성을 잃은 분노는 반드시 절제해야 할 감정이다.

　상대방의 성격은 다음과 같은 세 가지 모습을 보면 파악할 수 있다. 술 마시는 방식, 돈 쓰는 방식, 그리고 화내는 모습이다. 또 혹자는 농담하는 방식을 통해서도 그 사람의 성격을 알 수 있다고 한다.

　사람은 네 가지 성격으로 나뉜다.

　1. 쉽게 화내고 쉽게 푸는 사람: 얻는 것과 잃는 것이 비슷하다.

　2. 잘 화내지 않고 잘 풀지도 않는 사람: 잃는 것과 얻는 것이 비슷하다.

3. 잘 화내지 않고 잘 푸는 사람: 성인 같은 사람이다.

4. 쉽게 화내고 쉽게 풀지 않는 사람: 악인 같은 사람이다.

지식이 깊지만 성격이 급한 판관이 있었다. 그는 다른 사람과 대화를 할 때마다 상대방의 이야기를 들으려 하지 않고 자신의 주장만 펼치곤 했다. 하지만 헤어진 후에는 언제나 자신의 언동에 대해 후회했다.

그가 한 예언자를 찾아가 물었다.

"어떻게 하면 남한테 욕하는 버릇을 고칠 수 있습니까?"

"남한테 하는 욕을 자신에게 해 보십시오. 아니면 욕하기 전에 '내가 한 욕은 결국 나한테 되돌아오게 돼 있다.'고 생각하면 더 이상 욕을 하지 않게 될 것이오."

예언자의 충고를 받은 그는 드디어 자신만의 해결 방법을 찾아냈다. 즉 욕을 하고 난 뒤 상대방에게 사과와 함께 큼지막한 선물을 하는 것이었다. 이렇게 남을 욕한 데 대한 값비싼 대가를 치르면서 점차 자신의 감정을 다스릴 수 있게 되었다. 선물이 자신의 나쁜 성격을 고치는 중요한 역할을 하게 된 것이다.

어느 날, 두 사람이 힐렐을 찾아와 강요하듯 말했다.

"내가 한쪽 다리로 서 있는 동안에 유대인들이 배우는 학문을 모두 말해 보시오."

그러자 힐렐은 태연스럽게 대답했다.

"자신이 하고 싶지 않은 일을 남에게 강요하지 마시오."

월계관을 쓴 이교도 두상 소조
헬레니즘 시대. 이스라엘 하이파의 루벤 에디스 ·
헤흐트 박물관 소장.

인내심
테스트

짓궂은 두 친구가 400데나리온을 걸고 힐렐을 화나게 하는 사람이 이기는 내기를 했다.

마침 안식일을 앞둔 금요일 낮에 힐렐이 목욕탕에 들어가 몸을 닦고 있을 때 한 남자가 찾아왔다.

힐렐은 젖은 몸을 대충 닦은 후 그를 만났다. 찾아온 남자가 엉뚱한 질문을 던졌다.

"팔미라 사람들은 왜 시력이 나쁠까요?"

"그건 그들이 사막에서 살기 때문이네. 모래 바람이 심하게 불어 눈에 모래가 들어가 시력이 나빠진 것이라네."

그는 힐렐의 설명에 돌아가는 듯 했으나, 잠시 후 다시 문을 두드리며 말했다.

"랍비님, 여쭤볼 게 또 있습니다."

"말해 보게."

"인간의 머리는 왜 둥그렇게 생겼습니까?"

힐렐이 정성껏 대답해 준 다음 다시 목욕탕에 들어왔는데, 그 남자가 또 문을 두드렸다. 힐렐이 다시 나오자, 또 엉뚱한 질문을 했다.

"왜 흑인은 피부가 검습니까?"

그러나 힐렐은 화를 내지 않고 차근차근 그 이유를 말해 주고는 목욕탕으로 돌아왔다.

그런데 얼마 되지 않아 또다시 노크 소리가 들렸다. 이렇게 하기를 무려 다섯 번이나 계속했다. 결국 그 남자가 속내를 털어놓았다.

"랍비님 같은 사람은 이 세상에 없어야 했을 것이오. 나는 랍비님 때문에 내기에 져서 400데나리온을 잃었소."

힐렐이 웃으며 대답했다.

"내가 인내심을 잃어 화를 내는 것보다 당신이 돈을 잃어버리는 편이 더 낫지 않겠소?"

융통성을
가져라

히말라야 삼나무처럼 뻣뻣하게 굴
지 말고, 갈대처럼 부드러운 사람이 되어라.

바람이 불면 갈대는 부드럽게 휘어졌다 바람이 지나가면 언제
그랬느냐는 듯 다시 곧게 일어선다. 옛날에 갈대의 끝부분은 성경
을 쓰는 펜으로 사용되었다. 반면 히말라야 삼나무는 강풍이 불어
도 꼿꼿하게 서 있으므로 뿌리부터 꺾여 쓰러져서 오래 살지 못한
다. 따라서 이 나무는 벌목되고 잘려서 지붕을 덮는 용도로 이용된
다. 그리고 나머지 부분은 불쏘시개로 사용된다.

석재 받침목(baseboard)
이스라엘 베트세안. 기원전 14세기. 현무암. 현재 예루살렘 이스라엘국립박물관 소장.

입으로는

이 세상의 모든 동물들이 뱀을 보고 말했다. "사자는 먹잇감을 쓰러뜨린 다음에 먹고, 늑대는 먹잇감을 찢어 발겨서 먹는다. 그런데 뱀아, 너는 어째서 통째로 삼켜 버리느냐?"

뱀이 대답했다.

"나는 잔인하게 남을 물어뜯는 녀석보다는 낫다고 생각해. 나는 적어도 입으로는 상대방을 괴롭히지 않거든."

혀의 위력과
힘

어떤 장사꾼이 골목을 돌아다니며 외쳤다. "인생을 행복하게 사는 비결을 팝니다. 싸게 팝니다."

그러자 온 동네 사람들이 좁은 골목을 가득 메웠다. 그중에는 랍비 몇 사람도 섞여 있었다.

"내게 파시오. 값은 후하게 쳐 주겠소."

여기저기서 사람들이 외쳐댔다. 그러자 장사꾼은 이렇게 말했다.

"인생을 진실로 행복하게 사는 비결은 바로 자신의 혀를 조심해서 쓰는 것이오."

*

어느 날 랍비는 자신이 가르치고 있는 제자들에게 잔치를 베풀어 주었다. 잔칫상에는 소와 양의 혀로 요리한 음식도 나왔는데 그중에는 딱딱한 혀 요리와 부드러운 혀 요리가 섞여 있었다. 제자들은 앞 다투며 부드러운 혀 요리만 골라 먹었다. 이것을 본 랍비가 말했다.

"너희들도 항상 혀를 부드럽게 해 두어라. 혀가 딱딱하게 굳은 사람은 남을 화나게 하거나 불화를 초래하니까."

유대교 랍비들은 말을 할 때 항상 자제해야 한다고 강조한다. 한 번 내뱉은 말은 마치 시위를 떠난 화살처럼 다시 거둬들일 수 없기 때문이다.

랍비 가말리엘이 그의 하인 토비에게 말했다.

"시장에 가서 가장 맛있는 음식을 사 오너라."

그러자 하인은 혀를 사 가지고 돌아왔다. 며칠 뒤 랍비는 또 하인에게 오늘은 가장 맛없는 음식을 사오라고 명했다. 그런데 하인은 또 먼저 때와 같이 혀를 사 가지고 왔다.

랍비는 언짢아하며 그 까닭을 물었다.

"며칠 전 가장 맛있는 음식을 사오라고 할 때도 혀를 사 오더니 가장 맛없는 음식을 사 오라고 했는데도 어째서 또 혀를 사왔느냐?"

"혀는 그 어떤 음식보다 더 달콤하지만 그 어떤 것보다 더 무서운 것이기 때문입니다."

언약궤
이스라엘 티베리아스 부근 하마드 회당. 상감 기법으로 그린 그림, 서기 4세기.

지혜로운 사람과
동행하라

지혜로운 사람이란 어떤 사람인가? 모든 이에게 가르침을 주는 겸손한 사람이다. 지혜로운 사람은 자신보다 더 못한 사람일지라도 함부로 대하지 않는다.

그는 친구가 말하는 중간에 끼어들지 않는다.

그는 남의 질문에 서둘러 대답하지 않는다.

그는 핵심을 물어 보고 문제의 요점을 정확히 짚어낸다.

그는 먼저 알게 된 사실을 먼저 말하고 나중에 알게 된 사실을 나중에 말한다.

그는 들어본 적 없는 일에 대해서는 모른다고 솔직히 말한다.

그는 진리를 직시하고 허튼소리를 하지 않는다.

저작물이 그의 지적 수준을 뛰어넘었다면 무엇에 비유할 수 있을까? 나뭇가지는 무성하나 뿌리가 짧고 적은 나무와 같다. 이런 나무는 폭풍우가 불어 닥치기만 하면 뿌리째 뽑혀 날아간다.

지혜가 그의 저작물을 뛰어넘으면 이를 무엇에 비유할 수 있을까? 가지는 적으나 뿌리가 길고 무성한 나무와 같다. 이런 나무는 태풍이 불어와도 결코 흔들리지 않는다.

예언자 예레미야는 이렇게 말했다.

"그는 물가에 심긴 나무와 같아 제 뿌리를 시냇가에 뻗어 무더위가 닥쳐와도 두려움 없이 그 잎이 푸르고 가문 해에도 걱정 없이 줄곧 열매를 맺는다." 이어 "지혜로운 이들과 어울리는 이는 지혜를 얻고 우둔한 자들과 사귀는 자는 해를 입는다."

그렇다면 지혜로운 사람은 어떤 사람에 비유될 수 있을까? 향유파는 가게에 들어갔다 나온 사람에 비유된다. 그 사람은 비록 가게에서 향유를 사지 않았더라도 이미 그의 옷에 향기가 배어 있어 향기가 난다. 하지만 생선가게에 들어갔다 나온 사람은 비록 그곳에서 아무것도 사지 않았어도 비린내가 난다. 그리고 오랫동안 비린내가 그의 옷에서 떠나지 않는다.

사자의
젖

페르시아의 한 왕이 중병에 걸렸다. 의사는 왕에게 목숨을 구하기 위해서는 암사자의 젖을 먹어야 한다고 말했다. 왕이 신하들에게 물었다.

"누가 나를 위해 암사자의 젖을 구해 오겠느냐?"

그때 한 사람이 앞으로 나섰다.

"저에게 양 열 마리만 주신다면 암사자의 젖을 구해 오겠습니다."

그는 양을 데리고 사자 굴로 향했다. 암사자는 새끼들에게 젖을 물리는 중이었다. 첫째 날 그는 멀리서 암사자에게 양 한 마리를 주고 지켜보았다. 암사자는 신하가 준 양을 단숨에 먹어치웠다. 둘째 날 그는 조금 가까이 다가간 뒤 또 양 한 마리를 암사자에게 주었다. 이렇게 열흘이 지나자 그는 암사자와 매우 가까운 사이가 되었다. 암사자의 털을 쓰다듬고 새끼 사자들과 장난도 칠 수 있었다. 그리고 암사자의 젖을 얻는 데 성공했다. 그는 암사자의 젖을 가지고 왕에게 돌아가는 길에 잠깐 잠이 들었는데 꿈속에서 몸의 각 기관들이 다투고 있었다. 그의 발이 말했다.

"다른 기관들은 나와 비교할 수 없어. 내가 암사자가 있는 곳으로 가지 않았더라면 암사자의 젖을 얻지 못했을 거야. 다 내 덕인 줄 알라고."

손이 말했다.

"무슨 소리야? 내가 없었으면 누가 암사자의 젖을 짤 수 있었겠어?"

눈이 말했다.

"흥, 내가 길을 안내하지 않았다면 아무 일도 하지 못했을 거야."

심장이 말했다.

"다 내 덕이야! 내가 없었다면 이런 계획을 어떻게 생각하고, 실행에 옮겼겠어?"

그때 혀가 말했다.

"천만에, 내가 없었으면 너희들은 아무 소용도 없었을 거야."

그러자 신체의 모든 기관들이 혀를 비웃으며 말했다.

"너 따위가 감히 우리와 비교해? 뼈도 없이 항상 어두운 입 속에

숨어서 사는 네가 말이야?"

이에 혀가 반박하며 말했다.

"곧 알게 될 거야. 오늘 내가 너희보다 최고라는 것을 분명히 보여 주겠어."

잠에서 깨어난 신하는 성으로 돌아왔다. 그는 왕 앞에 엎드려 말했다.

"제가 개의 젖을 구해 왔습니다."

왕은 노발대발하며 소리쳤다.

"뭐라고? 감히 내 앞에 개의 젖을 가져오다니. 이 자를 당장 교수형에 처하라."

신하가 끌려가자 그의 몸의 기관들 모두 놀라 벌벌 떨었다.

혀가 말했다.

"내가 말했지. 내가 최고라고. 너희들이 나를 인정한다면 내가 목숨만은 살려 주마?"

몸의 다른 기관들 모두가 혀의 말에 동의했다. 그러자 혀는 사형 집행관에게 이렇게 말했다.

"대왕께 드릴 말이 남았습니다."

그는 다시 왕 앞에 끌려갔다.

"왜 저를 죽이려고 하십니까? 이것은 개의 젖이 아니라 왕의 병을 낮게 해 줄 암사자의 젖이 분명하옵니다."

왕의 주치의는 그가 가져온 것을 자세히 살펴보더니 암사자의 젖이라고 증언했다. 암사자의 젖을 마신 왕은 병세가 호전되기 시작했다.

이렇게 해서 왕의 병이 치유되자 신하는 큰 상을 받게 되었다. 신체의 기관들이 앞을 다퉈 혀에게 말했다.

"앞으로 우리는 너를 우리 리더로 섬기기로 했어. 네가 우리보다 훨씬 위야!'

이 우화는 말이 사람을 사지로 내몰기도 하고, 살리기도 한다는 교훈을 들려준다.

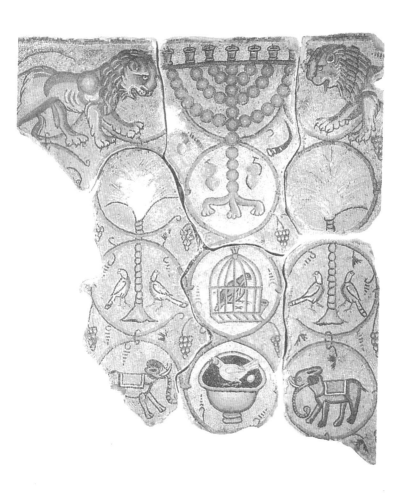

사자 두 마리와 종려나무를 호위하는 메노라(Menorah, 7갈래의 촛대)
가자지구에 있는 유대교 회당, 서기 6세기. 현재 이스라엘국립박물관 소장.

술의
기원

이 세상 최초의 인간이 포도나무를 심고 있었다. 그곳에 악마가 나타나 "무엇을 하고 있느냐?"고 물었다.

인간이 대답하기를, "아주 근사한 식물을 심고 있다."고 대답하자 악마는 "이런 식물은 처음 보는 것이군." 하면서 놀라워했다. 그래서 인간은 악마에게 다음과 같이 설명해 주었다.

"이 식물에는 아주 달콤하고 맛있는 열매가 열리는데, 익은 다음 그 즙을 내어 마시면 아주 행복해진다." 악마는 그렇다면 자신도 꼭 끼워 달라고 하면서 양과 사자와 돼지와 원숭이를 데리고 왔다. 그러고는 이 짐승들 4마리를 죽여 그 피를 거름으로 썼다. 포도주는 이렇게 해서 세상에 처음 생겨났다고 한다.

그래서 처음 술을 마시기 시작할 때는 양과 같이 온순하고, 좀 더 마시면 사자처럼 사납게 되고, 좀 더 마시면 원숭이처럼 춤추거나 노래를 한다.

그리고 더 많이 마시게 되면 토하고 뒹구느라 돼지처럼 더럽게 된다. 술이란 악마가 인간에게 준 선물이기 때문이다.

엘리지오 성인을 기념하기 위한 성작, 1863.

삶에 관한
세 가지 충고

어느 날 사냥꾼이 70종류 말을 하는 새 한 마리를 잡았다. 새가 사냥꾼에게 애원했다.

"저를 풀어 주신다면 세 가지 충고를 해 드리겠습니다."

사냥꾼이 대답했다.

"그 충고가 무엇인지 먼저 말해 다오. 맹세코 널 풀어 줄 테니."

"첫째, 자신이 한 일을 후회하지 마세요. 둘째, 다른 사람이 뭐라고 하던 불가능하다고 생각하는 일이라면 애써 믿지 마세요. 셋째, 포수님이 오르지 못할 나무는 오르려고 절대 힘을 낭비하지 마세요. 이제 다 알려 드렸으니 어서 저를 풀어 주세요."

새의 말이 끝나자마자 사냥꾼은 약속한 대로 새를 풀어 주었다. 자유를 되찾은 새는 높은 나무 위로 날아가며 이렇게 말했다.

"당신은 참 멍청하군요. 자기 입 속에 들어 있는 귀한 진주를 알아보지 못 했으니까요." 화가 난 사냥꾼은 다시 새를 잡으려고 새가 앉아 있는 나무 위로 오르기 시작했다. 그러나 절반도 못 올라가서 그만 땅에 떨어져 다리가 부러졌다.

새는 그를 바라보며 비웃었다.

"당신은 진짜 바보군요. 내가 조금 전 당신에게 했던 이야기를 잊어버리다니요. 자신이 한 일에 대해 후회하지 말라고 했는데, 당신은 나를 풀어 주자마자 후회하기 시작했어요. 그뿐만 아니라 주변 사람들이 뭐라고 하던 불가능해 보이는 일은 절대 믿지 말라고 했는데도 당신은 너무 쉽게 믿었어요. 그리고 오르지 못할 나무는 쳐다보지 말라고 했는데도 당신은 나를 잡으려고 나무에 오르다가 떨어져 다리까지 부러졌잖아요."

말을 마친 새는 어디론가 홀연히 날아가 버렸다.

내일의 일을 미리 걱정하지 말라. 내일 당신에게 어떤 일이 일어날지 아무도 모른다. 내일은 돌아오지만 당신은 영원히 살 수 없으니 당신이 속하지 않는 세상을 위해 걱정하지 말라.

당신을 의심하는 사람과 의논하지 말고, 당신을 시기하는 사람에게 당신 계획을 말하지 말라.

여자와 그 여자의 경쟁자에 대해 상의하지 말고, 비겁한 자와 전쟁에 대해 의논하지 말라.

상인과 장사에 대해 의논하지 말고, 물건을 사는 사람과 파는 값에 대해 의논하지 말라.

인색한 사람과 기부에 대해 의논하지 말고, 냉혹한 사람과 선행에 대해 의논하지 말라.

게으른 사람과 일에 대해 의논하지 말고, 임시 고용인과 일의 완성에 대해 의논하지 말라.

성숙하지 못한 고용인과 중요한 일에 대해 의논하지 말라. 그런 사람한테서 무슨 쓸모 있는 아이디어가 나오겠느냐?

너는 언제든지 경건한 사람과 가까이 지내라. 율법의 가르침을 잘 따르는 사람, 네 마음과 같은 마음을 가진 사람, 네가 실패했을 때 고통을 함께 나눌 사람과 가까이 지내라.

자기 자신의 경험과 내면의 소리를 잘 들어라. 그보다 더 믿음직한 조언자는 없다. 높은 탑에서 망보는 일곱 경비원보다도 자신의 경험과 마음의 소리가 훨씬 좋은 충고를 해 준다. 그리고 이 모든 것보다도 지극히 높으신 분에게 청하여라. 그분은 분명 너를 좋은 길로 인도하실 것이다.

내 아들아, 가능한 한 겸손하게 처신하되 너 자신이 누군지 알아야 하느니라.

누가 죄 짓는 자를 변호해 주겠느냐? 누가 자신의 삶을 수치스럽게 하는 자를 좋아하겠느냐?

오만한 사람, 잘난 체 하는 사람은 자신의 가족한테서도 환영을 받지 못한다. 그의 가족은 처음에는 모두 그의 말에 귀를 기울이나 시간이 지날수록 조금씩 그의 곁에서 멀어져 간다.

겸손의
리더십

샤마이 학파와 힐렐 학파가 3년 동안 긴 논쟁을 벌였다. 두 학파는 서로 자신들의 관점과 판단이 법률에 더 부합한다고 주장했다.

그때 하늘에서 다음과 같은 소리가 들려왔다.

"너희 두 학파의 판단은 모두 하느님으로부터 나왔으나 법률에 더 적합한 것은 힐렐 학파의 주장이다."

두 학파의 생각이 하느님으로부터 왔다고 했는데, 그렇다면 힐렐 학파의 견해가 더 적합하다고 한 이유는 무엇일까?

그것은 힐렐 학파 사람들이 샤마이 학파 사람들보다 더 겸손하고 친절했기 때문이다. 그들은 그들의 율법을 공부하기 전에 샤마이 학파의 율법을 연구하는 등 무척 겸손한 자세를 지니고 있었다. 이 작은 이야기는 겸손한 사람은 누구나 하느님의 도우심으로

얼룩말과 풀 문양
가자 지구에 있는 유대교 회당. 상감 기법 그림의 일부. 서기 6세기. 현재 예루살렘 이스라엘 박물관 소장.

자신을 높이게 되고, 어떤 난관에 처하더라도 마침내 승리할 것이라는 교훈을 준다.

성공이란
무엇인가?

인간은 이 세상을 떠나기 전까지 자신이 추구하고 바라는 것의 절반도 이루지 못한다. 100디나르를 가진 사람은 200디나르를 갖고 싶어 하고, 200디나르를 가진 사람은 400디나르를 갖고 싶어 한다. 이는 인간의 본성 중 하나이므로 우리는 어떻게든 이를 잘 활용해야 한다. 그러다 보니 사람들은 무리수를 써서라도 기회를 잡으려고 애쓴다. 그러니 무리수를 쓰는 사람에게는 기회가 점점 멀어져 가고, 순응하는 사람에게는 기회가 점점 더 다가온다.

한 랍비가 황급히 달려가는 사람을 보고 물었다.

"무슨 일로 그리 급히 가시오?"

"빨리 가서 성공하기 위해서요."

그러자 랍비가 웃으며 말했다.

"성공이 그대가 좇고 있는 그 앞에 있다는 걸 어떻게 아시오. 그 성공은 아마 그대 뒤에서 그대가 멈춰 서 주기를 기다리고 있을 게요."

"성공이 코앞에 있다며 급히 달려가는 모양인데, 그건 자네 뒤에 있지 않은가? 그럼 제 자리에 서서 그것을 취하기만 하면 될 게 아닌가?"

지혜가 많은 사람일수록 극단적인 상황에 처하면 차분해진다. 상상할 수조차 없는 좋은 기회나 대단한 행운을 만나더라도 절대로 흥분하지 않는다. 또 이런 사람은 커다란 불행과 시련이 닥쳐와도 놀라거나 두려워하지 않고 묵묵히 견뎌낸다.

사람은 사물의 진실한 본질과 실재하는 자연의 지식을 알게 될 때 재능과 지혜를 얻게 된다. 그때가 되면 인생이란 행복한 순간의 연속이 아니라는 사실을 깨닫게 된다. 그리고 늙고 쇠약해져서 언제 죽을지 알 수 없게 된다. 사람의 죽음 역시 다른 생물과 다를 바 없는데 무엇을 더 얻을 수 있겠는가? 그러므로 이것은 세상에서 가장 큰 고통이다. 사람은 누구나 죽음을 피할 수 없다. 그 어떤 고통도 죽음과 비교하면 매우 작게 느껴진다. 이는 틀림없는 사실이다. 따라서 어떠한 불행도 누구나 맞이하게 되는 가장 불행한 순간과 비교한다면 작게 느껴지게 마련이다.

옛날에 늙고 병든 사자가 있었다. 생식기에까지 병이 번져 있어 그 고통은 이루 말할 수 없었다. 살 수 있을지 아니면 죽게 될지 사자의 앞날은 아무도 짐작할 수 없었다. 사자가 병들었다는 소문을 들은 천지 사방의 동물들이 문병을 왔다. 그중 일부는 사자의 병이 낫기를 바랐고, 일부는 그의 고통을 보고 즐겼다. 또 다른 일부는 사자가 죽은 뒤 권력을 차지하여 밀림의 지배자가 되고 싶어 했다. 사자의 병은 날로 깊어져 죽었는지 살았는지 알 수 없을 만큼 꿈쩍도 하지 못하게 되었다. 그러자 소는 뿔로 사자의 몸을 찔러 아직 숨이 붙어 있는지를 확인하였다. 암소는 발굽으로 사자의 몸을 마구 짓밟았고, 여우는 이빨로 귀를 물어뜯었다. 암양은 꼬리로 콧수염을 간질이며 "사자는 도대체 언제 죽는 거야? 그가 죽으면 사자의 이름도 사라질까?"라며 빈정대기도 했다. 수탉은 부리로 사자의 눈과 이빨을 쪼아 부수었다.

이때 잠시 빠져 나갔던 사자의 영혼이 그의 육체로 돌아왔다. 그는 자신의 고통을 보고 즐거워하는 동물들을 보며 한탄했다.

"아니 이럴 수가! 나를 섬기던 부하들조차 나를 멸시하는구나. 권력과 명예가 사라지니 옛날의 부하도 적으로 변한다는 사실을 왜 지금에야 알게 됐을까?"

거룩한 땅
모세는 미디안의 사제인 그의 장인 이드로의 양 떼를 돌보고 있었다. 하루는 그가 양 떼를 몰고 광야를 지나 하느님의 산 호렙으로 갔다. 야훼의 천사가 떨기나무 한가운데로부터 솟아오르는 불꽃 속에서 나타났다. 그가 보니 떨기가 불에 타는데도 그 떨기는 타서 없어지지 않았다. 모세는 그가 서 있는 땅이 거룩한 땅임을 알고 신발을 벗고 무릎을 꿇었다.

자신과 타인

탈무드의
핵심

"네 이웃을 네 몸과 같이 사랑하라."

랍비 아카바는 이 구절이야말로 탈무드의 지상 최고 원칙이라고 설파하였다.

하루는 어떤 이교도가 샤마이를 찾아와 물었다.

"제가 한쪽 발로 서 있는 동안 유대교의 율법을 모두 가르쳐 줄 수 있겠습니까?"

샤마이는 이를 괘씸하게 여겨 손에 들고 있던 막대기로 그를 쫓아냈다. 그는 다시 힐렐을 찾아가서 똑같은 질문을 던졌다. 그러자 힐렐은 이렇게 대답했다.

"내가 행하기 싫어하는 것을 남에게 요구하지 마라. 이것이 탈무드의 핵심이다. 나머지는 집으로 돌아가 탈무드를 읽고 공부하여라."

나는 하느님의 피조물이고, 내 이웃 역시 그분의 피조물이다.

나는 도시에서 일하고, 내 이웃은 농촌에서 일한다.

나는 아침 일찍 일어나서 일을 시작하고, 내 이웃 역시 아침 일찍 일어나 일터로 간다.

내 이웃은 내 일에 서툴고, 나도 내 이웃의 일에 서툴다.

내 이웃은 자신의 일이 보잘것없는 일이 아님에도 내 일이 더 훌륭하다고 말한다.

나는 일을 많이 하는 사람이건 적게 하는 사람이건 모두 하느님께 충실해야 한다는 것을 알고 있다.

잠을 자는 사람들 사이에서 깨어 있지 말고, 깨어 있는 사람들 사이에서 자지 말라.

웃는 사람들 사이에서 울지 말고, 우는 사람들 사이에서 웃지 말라.

다른 사람이 서 있을 때 앉지 말고, 앉아 있을 때 서 있지 말라.

성경을 읽는 사람들 사이에서 탈무드를 읽지 말며, 그들이 탈무드를 읽을 때 성경을 읽지 말라.

한마디로 말해 주위 사람들과 다른 행동을 하지 말라.

어떻게 해서든지 자신의 친구, 친인척 심지어 거리의 이방인들

자신과 타인

을 비롯한 모든 사람들과 우호적 친분 관계를 유지하도록 하라. 그리하면 인간 세상에서도 사랑을 받을 것이고, 내세에서는 더 큰 사랑을 받을 것이다. 랍비 요하난은 한 번도 남이 자신의 안부를 먼저 물어 보게 못하지 했다. 저잣거리의 이방인들에게도 먼저 허리 굽혀 인사를 하였다.

예언자 즈가리야 (Zechariah)의 왕릉.
예루살렘 부근 키드론 계곡. BC 2~1세기.

유언

열 명의 아들을 둔 아버지가 있었다. 그는 자신이 죽으면 아들들에게 한 사람당 100디나르씩 상속해 주기로 약속했다. 그런데 세월이 흐르면서 그의 재산은 크게 줄어 전 재산을 합해 봐도 950디나르밖에 되지 않았다. 그는 임종이 다가오자 아홉 명의 아들들에게 각각 100디나르씩 나눠 주었다. 그리고 막내아들한테는 이렇게 말했다.

"모두에게 나눠 주고 나니, 나에게는 50디나르가 남는구나. 이 중에서 30디나르를 장례비로 지불하면 네 몫은 20디나르밖에 안 되는구나. 그 대신 나의 친구 열 명에게 너를 잘 돌봐주라는 부탁을 해 두겠다. 이들의 가치는 1000디나르보다 훨씬 클 것이니 걱정하지 마라."

아버지는 친구들에게 막내를 부탁하고는 얼마 후 숨을 거두었다. 아홉 명의 아들들은 각자 자신의 길을 찾아 떠났다. 막내는 아버지가 남겨 준 1디나르가 남았을 때 그 돈으로 음식을 차려 아버지의 친구들을 초대했다.

아버지의 친구들은 막내아들과 즐겁게 먹고 마신 뒤 이렇게 말했다.

"친구의 아들 중 이 애가 우리에게 가장 먼저 관심을 보이는군. 우리도 이 애의 호의에 보답해야지."

그리고는 막내아들의 손에 새끼를 밴 암소 한 마리와 얼마의 돈을 쥐어줬다. 막내는 암소가 송아지를 낳자 시장에 내다팔았고, 돈을 모아 장사를 시작했다. 그리고 하느님의 은혜를 입어 아버지보다 훨씬 더 큰 부자가 되었다.

그가 말했다.

"아버지의 말씀이 옳았어. 친구는 세상 무엇보다 더 가치 있는 존재야."

두 친구

　　사이좋은 두 친구가 있었다. 그들은 전쟁이 나서 헤어진 뒤 서로 적국인 두 나라에서 살게 되었다. 하루는 한 친구가 그리움을 못 이겨 다른 친구를 만나러 상대국에 갔다가 스파이로 오인 받아 사형을 선고받고 옥에 갇혔다.

　　그가 스파이가 아니라고 아무리 변명해도 그의 말을 믿어 주는 사람이 없었다. 궁지에 몰린 그가 왕에게 간청했다.

　　"폐하, 제가 고향으로 돌아가 가족에게 후사를 부탁할 수 있도록 한 달만 시간을 주십시오. 한 달 뒤에 반드시 돌아와 사형을 받겠습니다."

　　왕이 말했다.

　　"내가 어떻게 너의 말을 믿겠느냐? 누가 너의 말을 보증하겠느냐?"

자신과 타인

"제 친구가 보증해 줄 것입니다. 만약 제가 돌아오지 않는다면 그가 저를 대신하여 사형을 받을 것입니다."

왕은 그의 친구를 불러 사정을 말하고 보증을 서겠느냐고 물었다. 놀랍게도 그는 망설이지 않고 보증을 서겠다고 대답했다.

그렇게 한 달이 지났다. 마지막 날 해가 거의 떨어지는데 돌아오겠다던 친구는 돌아오지 않았다. 왕은 그의 친구를 끌어내다 사형을 집행하라고 명했다. 사형 집행인이 막 사형을 집행하려는 순간, 멀리서 친구가 헐레벌떡 달려오는 모습이 보였다. 그는 왕 앞으로 성큼 다가서더니 이렇게 말했다.

"제가 돌아왔으니 저를 죽이시고 친구를 풀어 주십시오."

두 친구의 우정에 큰 감동을 받은 왕은 즉각 두 사람을 살려 주었다.

"두 사람의 우정은 참으로 아름답구나. 나도 너희들과 함께 우정을 나눌 친구가 되게 해 다오."

그날부터 두 사람은 왕의 친구가 되었다.

친구를 사귈 때 너무 빨리 그를 믿지 말고 먼저 그를 관찰해 보라.

어떤 사람은 자신에게 필요할 때만 친구에게 정성을 다하고 친구에게 어려움이 생기면 모른 체한다. 어떤 친구는 적의 편에 서서 이간질을 하고 공공연히 싸움을 부추겨 당신을 모욕한다. 어떤 친구는 당신의 큰 도움을 받고 나서도 정작 어려운 일이 생겨 그를 찾으면 보이지 않는다. 어떤 사람은 당신이 잘 나갈 때에는 입의 혀처럼 굴다가 당신이 실패한 뒤에는 슬며시 피하거나 모른 체한다. 당신은 당신의 라이벌과 일정한 거리를 유지해야 하며 친구와의 금전적 관계에는 약간의 경계심을 가져야 한다.

충직한 친구는 안전한 대피소와 같다. 이런 친구를 둔 사람은 큰 보석을 얻은 것과 같다. 충직한 친구의 가치는 무한대이기 때문이다. 그 가치는 그 무엇으로도 환산할 수 없다. 오래된 친구를 단칼에 버리지 마라. 새로 사귄 친구는 새 술처럼 숙성되지 않아서 깊은 맛이 부족한 법이다. 그러니 교유를 통해 천천히 사귀어야 한다.

피해야 할
사람

다음과 같은 네 부류의 사람은 피
해야 한다. 오만한 가난뱅이, 아첨을 좋아하는 부자, 호색한 노인
그리고 제멋대로 권력을 휘두르는 지도자가 바로 그들이다.

화를 잘 내는 사람과 어울리지 마라. 화려하게 치장하기 좋아하
는 사람은 자신이 대단한 사람이라고 생각하며 남을 얕본다. 그는
자신이 앉고, 서고, 걷고, 뛰고, 말하는 모든 일에 남보다 뛰어나다
고 생각한다. 그래서 지위가 높은 사람하고만 이야기를 나누고, 자
신이 마치 신이라도 된 듯 명령조의 말을 즐긴다. 그뿐만 아니라 행
동, 자세, 먹고 마시고 입는 것에서도 거드름을 피운다.

교만한 사람들은 자신의 아주 작은 장점까지 무기로 삼아 남들
에게 존경받기를 원하며 그들이 자신을 경외하기를 바란다. 평범한

"모든 짐승 중 굽이 갈라져 쪽발이 되고 되새김질을 하는 동물은 너희가 먹어라."(레위기 11:3) 모자이크, 제수펌 회당. 서기 5세기.

사람들이 자신에게 말을 거는 것을 거부하며 그의 거만한 말투는 지인들까지 멀어지게 한다. 그런 자들은 하루 종일 오만하고 냉랭한 태도로 사람을 대한다.

자신의 우수한 인품으로 주목받기 좋아하고 자신의 행동으로 남들의 칭찬을 받고 싶어 하는 사람들도 있다. 그런 사람들은 자신의 뛰어난 재능을 인정받는 것에 만족하지 않고 자신이 얼마나 뛰어난 사람인지 알리고 싶어 한다. 세상의 명예를 원하지 않는 체하며 사람들이 자신의 실력을 알아주길 기대한다. 그는 모든 영광스런 칭호를 사양하고 세상에 알려지기를 꺼린다. 그러나 마음속으로는 자신처럼 수완 좋고 능력 있는 사람은 없을 것이라는 교만한 생각을 한다. 하지만 이런 사람은 아무리 자신을 가장해도 어려움이 닥치면 곧 본성이 드러난다. 마치 활활 타는 마른 장작처럼 그는 교만한 '불꽃'을 밖으로 분출시킨다. 이런 사람은 나무로 대충 만들어진 집에 비유된다. 이 집은 사방이 구멍투성이고 그 사이로 내부 시설물이 들여다보여 지나가던 사람들이 집 안에 뭐가 있는지 훤히 알 수 있다. 이렇듯 사람들은 그가 성실한 사람이 아니라 그의 겸손과 인품도 모두 위선임을 알아차리게 된다.

세상에는 다음과 같은 네 부류의 사람이 있다.

첫 번째: 내 것은 내 것, 네 것은 네 것인 사람: 보통 사람

두 번째: 내 것은 네 것, 네 것은 내 것인 사람: 아둔한 사람

세 번째: 내 것은 네 것, 네 것도 네 것인 사람: 지혜로운 사람

네 번째: 내 것은 내 것, 네 것도 내 것인 사람: 악한 사람

사탄

존 밀턴의 실락원(Paradise Lost)에 천사 미카엘이 사탄을 격파하는 내용이 나오는데 이는 유다서 9절을 모티프로 삼은 것이다. 사탄은 처음에는 인간을 시험하는 천사였지만 유대인의 이주가 시작된 뒤부터는 하느님과 인류의 적으로 여겨졌다. 이는 유대인들이 조로아스터교 (Zoroaster) 이원론의 영향을 많이 받았기 때문인 것으로 추정된다.

막을 수
있었음에도

가족의 범죄를 막을 수 있었음에도 그렇게 하지 않은 사람은 가족이 지은 죄에 대한 대가를 치러야 한다.

동료의 범죄를 막을 수 있었음에도 그렇게 하지 않은 사람은 동료가 지은 죄의 대가를 치러야 한다.

세상의 범죄를 막을 수 있었음에도 그렇게 하지 않은 사람은 세상이 지은 죄의 대가를 치러야 한다.

화술이 뛰어난 사람은 큰 소리로 말해야 하지만 말 주변이 없는 사람은 말을 자제해야 한다.

무지로 인한 범죄는 고의로 일으킨 범죄보다 죄질이 약하다. 만약 자신의 일에 대해 확실히 알고 있어 충고를 받을 필요가 없을 때에는 다른 사람의 충고를 받을 필요가 없다. 그러나 충고를 해야 할지 알 수 없을 때, 그의 영혼을 구원하기 위한 일이라면 반드시 충고를 해 줘야 한다.

누군가 당신에게 안 좋은 결과를 초래할 일에 대해 묻는다면 대답하지 말라. 그러나 새벽에 일찍 길을 떠나면 강도를 만날 수 있다는 사실을 알고도 그에게 새벽에 길을 떠나면 안 된다고 하지 않는다면 아주 잘못된 일이다. 또 정오에 길을 떠나면 더위를 먹어 쓰러질 수 있으니 재고하라는 충고도 마찬가지이다.

당신이 어떤 땅이 욕심난다고 해서 땅 주인에게 땅을 헐값에 팔라고 충동질해서는 안 된다.

타인에게 도움을 준 뒤 그 일을 자꾸 언급하지 말라. 이는 매우 좋지 않은 습관이다.

다음과 같은 탈무드의 가르침을 마음속에 새겨라.

"네가 한 말은 행동으로 옮겨라, 그러나 네가 한 선행은 말로 옮기지 마라."

손님을
접대하는 법

세상에는 여러 부류의 도둑이 있다.

사람의 마음을 훔치는 도둑이 있는가 하면, 이웃을 만날 때마다 자주 만나자는 말을 하면서도 속으로는 전혀 그럴 생각이 없는 도둑도 있다. 그뿐만 아니라 뇌물을 받으면 안 되는 사람에게 두 번 세 번, 그 이상 계속 권하는 도둑도 있다. 그런 심보를 가진 도둑은 오래 묵은 술을 가지고 특별히 그들을 위해 준비한 것처럼 가장하여 접근한다. 그렇게 해서 환심을 산 후 자신의 사업에 활용한다. 그들은 철저히 재산을 축적하는 것을 목적으로 삼기 때문에 기회만 된다면 어떤 방법이나 수단도 가리지 않는다.

바알 요하니는 로마의 귀족들을 연회에 초대하기 위해 엘리사를 찾아가 의논했다.

엘리사가 대답했다.

"20명을 초대할 생각이면 25인분의 음식을 준비하시오. 25명을 초대하고 싶다면 30인분의 음식을 준비하시오."

그는 그러나 엘리사의 조언을 듣지 않았다. 25명을 초대하면서 음식은 24인분만 준비했다. 연회가 무르익자 엘리사의 조언대로 정확히 '야채 볶음 요리' 6인분이 부족했다. 요하니는 미리 예상이라도 한 듯 빈 접시를 앞에 둔 손님들에게 '새우 요리'를 내어 갔다. 하지만 손님들은 약속이나 한 듯 음식을 집어 던지며 "우리더러 이걸 먹으란 말이요?"라며 버럭 화를 냈다.

바알은 연회가 끝난 다음 날, 엘리사에게 가서 말했다.

"랍비님의 충고를 듣지 않아 사달이 났습니다. 그런데 하느님은 랍비님에게 탈무드의 비밀을 가르쳐 주셨을지는 모르지만 손님을 환영하는 방법은 가르쳐 주신 것 같지 않습니다."

"천만에, 그분은 나한테는 알려 주셨소."

"그걸 어떻게 아신단 말입니까?"

"성경에는 아브넬이 일행 20인과 함께 헤브론에 도착해 다윗 왕에게 나아가니 다윗 왕이 아브넬과 그와 같이 온 사람을 위해 잔치를 베풀었다고 기록돼 있소. 이 기록을 보면 다윗 왕은 그뿐만 아니라 '그와 동행한 모든 사람들을 위해' 잔치를 정성껏 베풀었다는 사실을 알 수 있소."

마음씨 착한 손님은 이렇게 말한다.

"바쁘실 텐데도 저를 위해 이렇듯 맛있는 고기와 귀한 술과 음식을 주시다니요. 저를 위해 이렇게 애쓰시다니, 매우 감사합니다."

한편 최악의 손님은 이렇게 말한다.

"나를 위해 준비한 것은 아무 것도 없군요. 나는 단지 빵 한 조각, 고기 조금 그리고 약간의 포도주밖에 마시지 못했어요. 당신이 준비한 음식들은 모두 당신의 가족들을 위한 것이었군요."

유대인 가정에 식사 초대를 받은 사람은 음식을 남김으로써 배가 부를 만큼 충분히 먹었다는 표현을 해야 한다. 만약 손님이 음식을 조금도 남기지 않고 다 먹어치웠다면 사람들은 이를 두고 주인의 대접이 부족했다고 여길 것이다. 하지만 주인이 사양하지 말고 더 들라고 한다면 접시를 깨끗이 비우는 것이 예의다. 이런 권유에도 불구하고 음식을 남긴다면 손님은 주인의 성의를 무시한 결례를 범한 것이다.

처세의
도

인간의 육체는 마음에 좌우되고 있다. 마음은 보고, 듣고, 걷고, 서고, 기뻐하고, 굳어지고, 부드러워지고, 슬퍼하고, 두려워하고, 교만해지고, 설득되고, 사랑하고, 미워하고, 탐구하고, 반성한다. 세상에서 가장 강한 인간은 자신의 마음을 조절할 수 있는 자이다.

인간은 보통 60년, 70년, 80년, 100년을 산다. 그러나 10년을 산다 해도 한꺼번에 100년을 사는 것이 아니라 하루하루씩 산다. 나아가 1시간 1시간, 1분 1분씩 살고 있는 것이다. 그러므로 하루하루가 인생의 전부이며, 나아가 1초 1초가 전 인생인 것이다. 인간이 오늘을 마지막 날이라고 생각한다면 가장 충실하고 풍성한 열매를 맺을 수 있는 하루하루를 보내기 위해 노력할 것이다. 그리고 생애 최초의 날이라고 생각한다면, 더없이 활기차고 희망찬 하루를 보내게 될 것이다. 당신이 살고 있는 것은 지금 이 순간이다. 바로 이 순간만이 중요한 것이다.

누구를 비난해야 한다면 초점을 그에게만 맞추도록 하라. 예를 들어, 누구를 비난하면서 그의 가족이나 친지, 종교에 대해서까지 험담을 해서는 안 된다. 한 사람을 비난하면서 여러 사람을 기분 나쁘게 하지 마라.

다른 사람들로부터 원한을 사면서까지 누구를 돕지 않도록 조심하라. 그로 인해 마음이 상한 사람들은 절대로 그 사실을 잊지 않을 뿐만 아니라 자기가 입은 피해는 부풀려서 말한다. 반면 도움을 받은 사람은 그 사실을 잊어버리거나 별것 아닌 것으로 생각한다. 그러므로 특별한 경우를 제외하고 얻는 것보다 잃는 것이 훨씬 더 많다.

이론과 실천의 차이는 하늘과 땅만큼 크다. 너무나 많은 사람이 이론은 잘 알면서도 막상 그것을 실천하려고 하면 대체로 망설이기 일쑤이다. 그런 사람이 가진 지식은 아무리 많아도 별반 쓸모가 없다. 그것은 마치 보물을 궤짝에 잔뜩 넣어두고도 한 번도 꺼내 쓰지 못하는 물건과 같다.

아무런 계산도 없이 사랑을 베푸는 것은 자비로운 행위이며 그행위 자체가 신성하다. 사랑을 베풀다 보면 정말 고마워하는 사람들을 만나게 된다. 그런 사람 한 명이 세상을 변화시킨다.

나라마다 표현 방식은 다르더라도 서로 유사한 격언들을 갖고있다. 그 이유는 이 격언들이 경험을 통해 혹은 사물에 대한 오랜관찰을 통해 만들어졌기 때문이다. 경험과 관찰이란 세상 어디에나존재한다.

남을 헐뜯는 것은 살인보다 위험하다. 살인은 한 사람만 죽이지만, 험담은 세 사람을 죽인다. 험담을 한 자와 그 험담을 막지 않고들은 자, 또 이 험담으로 피해를 보는 자가 그들이다.

남을 비방하고 중상하는 자는 흉기로 사람을 해치는 자보다 죄가 더 크다. 흉기란 가까이 가지 않으면 상대를 해칠 수 없지만, 중상은 멀리서도 사람을 해칠 수 있기 때문이다.

세 부류의 사람은 지옥에 떨어진다. 이미 결혼한 여성과 간음하는 자, 공개적으로 이웃을 비방하거나 뒷담화를 하는 자, 일보다는 술과 노름에 빠져 사는 자이다. 그러므로 공개적으로 이웃을 비방하거나 괴롭히느니 차라리 뜨거운 용광로에 들어가는 편이 낫다.

디르크 바우츠 (1415~1475), 유대인들의 부활절 바티칸 대성당 소장.

Talmud

표정
관리

고대 이스라엘에서 있었던 일이다.

연락병 한 명이 급히 사령관을 찾아와 전략적으로 매우 중요한 요새를 적에게 빼앗겼다고 보고했다. 이에 사령관은 화가 나 눈에 쌍심지를 돋우었다. 그러자 부인이 사령관을 따로 불러 말했다.

"전 지금 당신보다 더 안 좋은 일을 당했어요."

"그게 무슨 소리요?"

"당신 표정에서 당황한 기색을 읽을 수 있었어요. 요새야 싸워서 다시 빼앗으면 되지만 사령관인 당신이 흔들린다면, 그것은 부대 전부를 잃는 것보다 훨씬 더 위험하단 말이에요."

자존심과
배려

두 번째 성전에서 패배하자 가말리엘 2세가 이렇게 말했다.

"내일 아침에 일곱 명의 랍비가 모여 이 문제를 풀기 위해 토론하기로 했다."

이튿날 아침이 되자 여덟 명의 랍비가 모였다. 그런데 초청하지 않은 랍비가 한 명 더 있는 게 아닌가. 가말리엘은 그 불청객을 가려내기 위하여 다음과 같이 말했다.

"초대받지 않은 사람이 있으니 그분은 당장 돌아가시오."

그러자 그들 중 누가 생각해 보아도 그 자리에 꼭 있어야 할 저명한 사람이 조용히 일어나서 나가 버렸다. 그는 왜 그렇게 했을까?

사실 그 자리에 초대받지 않은 랍비는 그가 아니라 다른 사람이었다.

그 랍비는 초대를 받지 않았는데도 잘못 알고 나와 있던 다른 랍비가 굴욕감을 느끼지 않도록 그렇게 한 것이었다.

유대 음악
시나고그에서 기도하는 하잔(신창자)과 바스 가수 및 소년 가수.

자신과 타인

죄짓지
마라

　　이른 아침에 예수가 회당에 나타나
자 많은 사람들이 몰려들었다. 그래서 그는 그들 앞에 앉아 가르치
기 시작하였다. 그때 율법학자들과 바리사이파들이 간음하다 붙잡
힌 여자 하나를 끌고 와서 앞에 세우고는 이렇게 말했다.

　　"선생님, 이 여자가 간음하다 현장에서 붙잡혔습니다. 모세의 법
에는 이런 죄를 범한 여자는 돌로 쳐 죽이라고 했습니다. 선생님 생
각은 어떠합니까?"

　　그들은 예수를 고발할 구실을 찾으려고 이렇게 말했던 것이다.
예수는 그러나 몸을 굽혀 손가락으로 땅바닥에 무엇인가 쓰기 시작
했다.

　　그들이 대답을 재촉하므로 예수는 고개를 들고 다음과 같이 대
답했다.

"너희 가운데 죄 없는 자부터 저 여자를 돌로 쳐라."

그리고 나서 예수는 다시 허리를 굽혀 땅바닥에 무엇인가를 썼다.

그들은 이 말을 듣자 나이 많은 자들부터 하나씩 떠나갔다. 마침내 예수 앞에는 간음한 여자 하나만이 남아 있었다. 예수는 고개를 들고 그녀에게 물었다.

"그들은 모두 어디 있느냐? 너의 죄를 묻던 사람들 말이다."

그 여자가 대답했다.

"선생님, 아무도 없습니다."

"나도 네 죄를 묻지 않겠다. 어서 가거라. 다시는 죄짓지 마라."

죄를 참회하는 사람에게 "당신이 과거에 저질렀던 일을 잊지 마라."고 말하지 않는다.

유대교로 개종한 사람에게 "당신 조상들이 저질렀던 일을 잊지 마라."고 말하지 마라.

스스로 유대교에 입교해 탈무드를 공부한 이에게 "불결하거나 금지된 음식을 먹은 입으로 전능하신 하느님의 고결한 진리를 말할 자격이 있는가."라고 말하지 마라.

다른 사람의 일에 대해 이러쿵저러쿵 험담하는 것은 계명에 어

자신과 타인

굿나는 일이다. 성경에서도 "너는 네 백성 사이에 돌아다니며 비방하지 말라."고 하지 않았던가.

시비를 조장하는 자는 누구인가? 남의 일에 참견하기를 좋아하고 "아무개가 이렇게 말하더라.", "내가 들었는데 아무개가 뭐라고 하더라."고 뒷담화를 하기 좋아하는 사람들이다. 설령 그들이 말하는 내용이 사실일지라도 분란을 일으키는 자들은 좋지 않은 결과를 낳는다.

금지된 계명 중에서 가장 위험한 것은 독설이다. 독설의 대상은 누구나 될 수 있다. 사실이 아닌 것을 사실인 듯 허튼소리를 하는 것은 곧 남을 비방하는 것이다.

독설이란 동료들 사이에서 "아무개가 어떤 일을 했다더라.", "아무개의 조상이 어떤 일을 꾸몄다더라.", "내가 들었는데 그 사람이 이런 일을 했단다." 등 쓸데없는 헛소리를 하는 것이다.

어떤 이들은 심지어 불필요한 험담을 일삼아 '독설이 분출한 독약'으로 불리기도 한다. 그리고 겉으로는 착하고 깨끗한 사람인 체하며 뒤에서 남을 비방하고 욕하는 사람도 당연히 비난받아야 한다.

험 담

험담은 세 사람을 죽인다. 험담을
한 자, 험담을 들은 자, 험담의 대상자 등 모두 죽일 수 있다. 그러니
이웃의 명예를 자신의 명예처럼 소중히 여겨야 하며, 이웃을 비방
하려는 것은 생각조차 하지 말아야 한다. 그리고 다른 사람을 부추
겨 죄를 짓게 사주하는 일은 사람을 죽이는 것보다 더 나쁜 일이다.
살인은 단지 현세의 삶을 끝낼 뿐이지만 다른 이에게 죄를 짓게 하
는 일은 내세까지 이어지게 된다. 남을 원망하지 않고, 화내지 않으
며, 자만하지 않는 사람은 죄를 짓지 않을 것이다.

가족에게든 지인에게든 남의 비밀을 옮기지 마라. 침묵하는 것
이 죄가 되지 않는다면 들은 말을 누설하지 마라. 당신이 남의 은밀
한 이야기를 옮기면, 사람들은 당신을 경계할 것이며 경우에 따라

자신과 타인

서는 미워할 것이다. 어떤 말을 듣거든 마음속에 묻어 버려라. 그 말이 흘러나올 리 없으니 걱정할 필요가 없다. 어리석은 자는 마음속에 비밀을 품고 있으면 그것을 털어놓고 싶어 안달복달 한다.

남에게 해를 입힌 자는 다섯 가지 책임을 져야 한다. 신체의 손상, 상처의 아픔, 치료비, 시간에 따른 보상 그리고 모욕에 대한 책임이다. 신체의 손상은 어떻게 계산해야 할까? 눈이 뽑히고 사지, 즉 팔이나 다리가 없는 사람은 시장에서 거래되는 노예의 가치에 따라 계산된다. 그러므로 그 사람의 과거 가치와 현재 가치를 모두 따져봐야 한다.

상처의 아픔: 만약 피해자에게 화상을 입혔다면 똑같은 상처를 입은 사람을 찾아서 얼마의 돈을 줘야 하는지 물어 보고 보상을 해 줘야 한다.

치료비: 사람을 구타했다면 때린 사람이 치료비를 지불해야 한다.

시간의 손실: 이런 손실을 계산하기 위해서는 피해자를 오이밭 지키는 경비원으로 생각해야 한다.

모욕: 피해자와 가해자의 형편에 따라 계산을 한다.

겨울
티베리아스 부근 하마트 회당. 지면에 상감 기법으로 그린 그림. 서기 4세기.

자신과 타인

원수와
원한

두 친구 A와 B가 있었다. A가 B에게 낫을 빌리러 갔다가 거절당했다. 다음 날 반대로 B가 A에게 도끼를 빌리러 갔을 때 A는 "넌 나에게 낫을 빌려 주지 않았으니 나도 너에게 도끼를 빌려 주지 않겠어."라고 말한다면 원수가 된다. 하지만 A가 B에게 도끼를 빌리러 갔다가 거절당하고 난 다음 날 B가 A에게 외투를 빌려 달라고 했을 때 A가 "너는 나에게 도끼를 빌려 주지 않았지만 나는 너한테 외투를 빌려 줄게. 난 너와 다르니까."라고 한다면 원한이 생긴다. 고집불통으로 남의 말을 듣지 않는 사람은 원수와 원한을 많이 만든다.

남에게 망신당하는 것을 치욕스럽게 생각하는 사람이 남들 앞에서 망신을 당하면 견디기 힘들어한다. 망신을 준 사람과는 원수가 되고, 화를 풀기 전까지는 좌불안석으로 하루하루를 보낸다.

원한은 언제나 우리를 분노로 들끓게 하며 끊임없이 이웃에게 당한 억울함을 되뇌게 만든다. 그리고 이렇게 충동질한다.

"저자는 네가 난관에 처했을 때 너에 대한 도움을 거절했어. 그런데 지금 너에게 도움을 청하다니? 너는 그를 도와줄 필요가 없어."

원한은 언제나 이런저런 궤변으로 우리의 마음을 유혹한다. 성경에서도 다음과 같이 말했다.

"네 이웃을 네 자신과 같이 사랑하라!"

이 말씀은 자신을 사랑하는 것과 똑같이, 조금의 차별을 두지 말고 진심으로 이웃을 사랑하라는 의미다.

만약 당신이 이웃에게 작은 잘못이라도 저질렀다면 당신은 그일을 매우 심각하게 여길 것이다. 거꾸로 당신이 이웃에게 좋은 일을 많이 했다면 당신은 그 일을 대단하게 여기지 않을 것이다.

만약 이웃이 당신에게 약간의 도움을 줬다면 당신은 그 일을 대단한 일처럼 생각할 것이다. 반대로 이웃이 당신에게 잘못된 일을 저질렀다면 당신의 눈에는 그 일이 그다지 심각해 보이지 않을 것이다.

강자란 어떤 사람일까? 바로 적을 친구로 삼는 자이다.

TALMUD BY SENIA

3

결혼과 가정

남자는 아내를 맞이해

가정을 이루면 비로소

삶이 안정된다.

그래서 '현모양처를 얻는 것이야말로

큰 축복을 입은 것으로

너무나 좋은 일' 이라는 가르침이

탈무드에도 있다.

여자

착하기로 소문난 부부가 아이가 없어 이혼을 하게 되었다. 그 후 남편은 곧 재혼했는데, 불운하게도 악한 여자를 만나서 악한 사람이 되고 말았다. 이혼한 아내도 곧 재혼을 했는데 그녀 역시 악한 남자를 만났다. 새로 얻은 남편은 그러나 아내를 닮아 어질고 착한 사람이 되었다. 이처럼 남자는 언제나 여자에 의해 변한다.

어느 날 왕이 느닷없이 랍비 가말리엘에게 말했다.

"너희들의 하느님은 도둑이다. 성경에 이르기를, '하느님은 아담을 깊이 잠들게 한 다음 그의 갈빗대 하나를 취하여 여자를 만들었다.'고 하지 않았느냐?"

이때 랍비의 딸이 왕에게 물었다.

"제가 왕의 말씀에 답해도 되겠습니까?"

왕이 허락하자 가말리엘의 딸이 말했다.

"간밤에 저희 집에 도둑이 들었습니다. 그런데 도둑은 은상자를 가져간 대신 금 상자를 놓고 갔습니다. 왕께서는 이런 경우를 어떻게 보십니까?"

"그래, 그것 참 부러운 일이로다. 그런 도둑이라면 나에게도 매일 찾아왔으면 좋겠구나."

왕의 말에 랍비의 딸이 대답했다.

"그렇다면 남자가 갈비뼈 하나를 잃고 자신을 떠받들어 줄 여자를 얻은 것은 훨씬 더 좋은 일 아니겠습니까?"

하느님은 왜 남자의 갈비뼈로 여자를 만들었을까? 유대인들은 다음과 같이 해석한다. 하느님은 남자의 어느 부위로 여자를 만들어야 할지 오랫동안 고민했다. 여자가 오만해질까 싶어 남자의 머리로 만들지는 않았다. 지나친 호기심을 불러올까 두려워 눈도 제외했다. 남 얘기 듣기 좋아할까 두려워 귀도 제외했다. 수다 떠는 걸 좋아할까 두려워 입도 제외했다. 질투심이 많아질까 두려워 심장도 제외했다. 지나친 소유욕을 경계해 손도 제외했다. 사방으로 돌아다닐까 두려워 다리도 제외했다. 겸손하고 공손한 사람을 만들기 위해서는 반드시 남자 신체의 중요한 부위로 만들어야만 했다.

이삭을 묶어
번제로 드리다.
채색 석판화.
1888년. 뉴욕의
유대전통박물관
소장.

결혼의 조건

　　　　　　남자는 부모를 떠나 아내와 결혼해 한 몸이 된다. 남자는 아내를 맞이하기 전에는 부모를 사랑하고, 결혼한 후에는 아내를 사랑한다. 남자의 가정은 바로 아내이다. 랍비 요시는 이렇게 말했다.

　"나는 여태껏 내 아내를 아내라 부르지 않고 '나의 가정'이라고 불렀다."

　아내 없는 남자는 삶의 즐거움과 활력이 없고, 어떠한 축복도 은총도 없다.

　남자는 아내를 맞이해 가정을 이뤄야 비로소 삶이 안정된다. 그래서 탈무드는 "현모양처를 얻는 것은 야훼의 은혜를 입는 일이다." 며 남자와 여자의 결합 없이는 신을 볼 수 없다고 강조한다. 유대인들은 탈무드 없는 도덕은 존재하지도 않고 평화 역시 없다고 가르친다.

하느님과 사람들의 눈에 아름답고 내 영혼을 기쁘게 하는 세 가지는 곧 형제지간의 우애, 이웃과의 우정 그리고 부부 간의 금슬이다.

이유 없이 아내를 미워하지 마라. 하느님은 지금도 당신 아내의 눈물방울을 빠짐없이 세고 계신다.

남자의 여자(아내)가 죽던 날 세상은 어두워지고 그의 발걸음은 느려졌다. 그의 지혜도, 지식도 모두 바닥이 났다.

결혼할 자금을 마련하기 위해서라면 '토라'를 팔아도 된다. 여자의 재산을 보고 결혼하려는 것은 치욕스러운 일일뿐더러 스스로의 무능함을 드러내는 것이다.

아버지는 딸의 배우자를 구해 줄 책무가 있다. 딸이 현명한 어머니가 되도록 교육할 책임도 있다.

로마의 한 여자가 랍비에게 물었다.

"거룩하신 하느님은 우주를 창조하시는 데 얼마나 걸리셨습니까?"

"모두 엿새 걸렸습니다."

"그럼 엿새가 지난 뒤에는 무엇을 하셨습니까?"

"남녀의 혼인을 중매하셨습니다."

"하느님이 고작 중매쟁이 노릇이나 하셨다고요? 그건 아무나 할 수 있는 일이 아닙니까? 저도 남녀를 짝지어 혼인시키는 일은 할 수 있습니다."

"이 일은 보기와 달리 결코 쉬운 일이 아닙니다. 홍해를 가르는 일보다 훨씬 더 어려운 일입니다."

그날 저녁 로마 여자는 곧바로 1,000명의 남녀 노예를 불러 놓고 제 마음대로 짝을 지어 결혼시켰다. 그런데 다음날 이마가 깨졌거나, 다리가 부러졌거나 혹은 눈알이 뽑힌 수백 명의 남녀 노예들이 그녀를 찾아와 배우자를 바꿔 달라며 아우성을 쳤다.

네 아내를 존경하라. 네 자신이 풍요로워질 것이다. 네 아내에게 언제나 존경받을 수 있는 남편이 되어라. 가정의 모든 행복은 아내에게 달려 있다. 네 아내가 키가 작다면 허리를 굽혀 이야기하라. 남자가 먹고 마시는 것과 옷을 사는 것에 과도하게 지출해서는 안 된다. 그러나 사랑하는 아내와 아이들을 위해 하는 지출은 가끔씩 무리해도 괜찮다. 아내와 아이는 남편에게 의지하지만 남편은 하느님께 의탁하며 살기 때문이다.

젊은이여, 고개를 들어 지혜로운 배우자를 찾아라. 외모에 현혹되지 말고 미래를 생각하라.

악처란 남편에게는 한센병과 같은 존재다. 어떻게 치료해야 할까? 이혼하면 된다. 악처와 사는 남자는 종교적으로 그녀와 이혼할 수 있다. 첫 번째 아내와 이혼한 남자는 제단에서 그녀의 미래 행복을 위해 기도해야 한다.

다음과 같은 여자와는 결혼 약속을 취소할 수 있고 위자료를 주지 않아도 된다.

유대교 율법을 위배한 여자

남편 앞에서 부모를 욕하는 여자

불평불만이 많은 여자

남편이나 아내가 정신이상자라면 이혼하면 안 된다. 정신질환을 앓고 있는 배우자와의 이혼은 절대 용납되지 않는다. 정신이상자가 보호자를 잃으면 사기꾼들의 사냥감이 될 것이다. 정신이상인 남편도 아내와 이혼할 수 없다. 그리고 이혼증서는 반드시 의식이 정상일 때 작성해야 한다.

아내가 남편과 이혼할 수 있는 경우는 크게 세 가지다. 첫째, 결혼식을 거부할 때, 둘째, 성교 불능증일 때, 마지막으로 가족을 부양할 능력이 없거나 그럴 의지가 없을 때이다.

티투스에게 사로잡힌 요세프스.
15세기 후반 프랑스에서 출판된 요세프스(Josephus)의 유대전쟁사(The Jewish war)에 들어있는 삽화. 프랑스 샹티이 콩데박물관 소장.

교육

부모는 자식 때문에 발을 뻗고 편안하게 잠을 자지 못한다. 어릴 때는 질이 좋지 않은 친구들과 어울리지는 않을까, 다 자란 후에는 바른 직업을 찾아 제 역할을 하며 살 수 있을까 걱정한다. 결혼 적령기가 되면 좋은 배우자를 만날 수 있을까, 결혼 후에는 아이를 갖지 못할까 걱정한다. 이렇듯 부모의 자녀 사랑(걱정)은 한도 끝도 없다. 그러나 유대인의 교육법, 즉 탈무드 교육법은 물고기를 잡아 주는 것이 아니라 물고기 잡는 법을 가르쳐 주는 것이다. 이것이야말로 자식을 사랑하는 유대인의 전통적인 교육 방법이며 오늘날에도 끊임없이 이어지고 있다. 이스라엘의 교육은 이렇듯 부모는 자식을 사랑하고, 자식은 그 사랑을 자신의 자식에게 쏟는 식으로 순환되고 있다.

두 명의 랍비가 팔레스타인으로 교육시찰을 떠났다. 그들은 그 마을 지키고 있는 사람들을 만나서 잠시 알아볼 것이 있다고 하자, 그 마을의 경찰관 중에서 가장 높은 사람이 나왔다. 두 랍비가 "아니오, 우리는 이 마을을 지키고 있는 사람들을 만나고 싶습니다."고 하자 이번에는 마을의 수비대장이 나왔다. 그러자 두 랍비가 말했다.

"우리가 만나고 싶은 것은 경찰서장이나 수비대장이 아니라, 학교의 선생님입니다. 경찰이나 군대는 마을을 파괴할 뿐이고, 진정으로 마을을 지키는 사람은 교육을 맡고 있는 선생님입니다."

그만큼 교육이 중요하다는 이야기로 이는 유대인이 교육에 관한 이야기를 할 때마다 자주 등장한다. 따라서 배우는 사람들은 하느님을 공경하듯 스승을 존경해야 한다는 뜻이다.

교육 2

어떤 유대인이 창녀들이 드나드는 시장에 향수가게를 차렸다. 장사는 제법 잘됐다. 어느 날 외출했다가 돌아온 가게 주인은 자신의 아들이 창녀들과 어울려 시시덕거리는 모습을 보고는 버럭 화를 냈다. 마침 지나가던 랍비가 그 모습을 보고 그에게 말했다.

"여자들이 좋아하는 향수가게를 차린 것도, 창녀들이 드나드는 홍등가에 가게를 낸 사람도 바로 당신 아니오? 왜 그렇게 펄쩍 뛰며 화를 내는 겁니까?"

교육 3

새끼 암양은 어미 양을 따른다. 그 어머니에 그 자식이다.

매와 다른 새의 차이점은 무엇일까? 다른 새들은 새끼가 추락할까 두려워 새끼를 두 발로 꼭 쥐고 난다. 그러나 사냥꾼의 총 말고는 두려울 게 없는 매는 새끼를 자신의 날개에 태운 채 창공을 난다. 자신이 사냥꾼의 총에 맞을 위험이 있음에도 불구하고 말이다.

교육 4

모세가 시나이 산 위에서 십계명을 받기 전에 하느님께서 말씀하셨다.

"너희들은 십계명을 영원히 보존하겠다는 의미로 절대적인 담보물을 가져오너라. 그래야 십계명을 주겠노라."

"저희 조상을 담보로 삼겠습니다."

"이 담보물은 믿음이 가지 않는구나. 더 좋은 것을 가져오너라."

"저희 예언자들을 담보로 삼겠습니다."

"그것도 믿음직하지 않구나. 나의 아들아, 더 좋은 담보물을 가져오너라."

"우주의 주재자시여, 그럼 저희 자식들을 담보물로 삼겠습니다."

마침내 하느님께서 말씀하였다.

"그래, 참으로 마음에 드는구나. 그 애들을 위해 내가 십계명을 너희들에게 주겠노라."

그래서 현자들은 "하느님이 순수하고 깨끗한 아이들에게서 인류의 희망을 보셨다."고 말하는 것이다.

스승

유대인 가정에서는 반드시 아버지가 아들에게 탈무드를 가르친다. 그러나 이때 아버지가 자주 화를 내거나 지나치게 엄격하면 아이들은 아버지를 두려워 해 배울 마음을 상실하고 만다.

'파더(father)'는 히브리어에서 '스승(teacher)'이란 뜻으로도 통한다. 가톨릭의 신부를 파더로 부르는 까닭도 히브리어의 개념을 가지고 있기 때문이다. 유대사회에서는 자신의 아버지보다 스승을 더 중요하게 생각한다. 만일 아버지와 스승 두 사람이 감방에 들어가 있는데 한 사람만 구해야 한다면 아이는 우선 스승부터 구한다. 유대인들은 지혜와 지식을 가르치는 스승을 무엇보다 더 소중하게 여기기 때문이다.

아버지의
마음

네가 만약 하느님 앞에서 응석을 부린다면 하느님은 너를 믿고 너의 소원을 들어주실 것이다. 그것은 마치 어린 아이가 아버지 앞에서 애교나 응석을 떨어 원하는 것을 얻어내는 것과 같다. 따라서 아이가 아버지에게 "따뜻한 물로 씻고 싶어요."라고 하면 아버지는 바로 따뜻한 물로 씻겨 주고, "시원한 물로 몸을 닦고 싶어요."라고 하면 아버지는 바로 시원한 물을 가져다 원하는 대로 해 준다. 또 "호두와 포도, 석류나 살구가 먹고 싶어요."라고 말하면 아버지는 즉각 아이 앞에 원하는 것을 가져다준다.

책의
민족

　　　　　　유대인에게 있어서 하느님을 공경
하는 최고의 기도 방식은 공부하는 일이다. 시나고그, 즉, 유대인
회당에는 반드시 공부하는 장소가 있다. 그 까닭은 공부를 하지 않
으면 종교는 미신이 되어 버린다는 사실을 잘 알고 있었기 때문이
고 모두 함께 모여 공부하고 서로 가르치며 토론했다. 그리고 부모
는 교사가 되어 줘야만 했다. 여기에서 유대인은 세계 최초로 의무
교육의 중요성을 발견할 수 있었다. 그래서 그들은 책의 민족이라
는 호칭을 얻게 되었다.

자식
사랑

　　　　　　　다음은 라다무스코의 한 랍비가
들려준 우화다.

　배 위의 한 승객이 배가 목적지에 빨리 닿기를 초조하게 기다리
고 있었다. 배는 며칠 동안의 항해 끝에 드디어 항구로 들어오고 있
었다. 그런데 갑자기 폭풍우가 들이닥쳐 배는 다시 바다로 밀려났
다. 승객은 큰 두려움에 빠졌다. 이렇듯 부모는 아들과 딸이 장성할
때까지 항상 걱정을 달고 산다. 자식들이 장성하면 부모는 시름을
놓고 좀 쉬고 싶어 한다. 그런데 큰아들이 돈 문제 때문에 아버지의
도움을 청한다. 당연히 아버지는 일을 쉴 수 없다. 큰아들의 일이
겨우 해결되니 이번에는 딸도 부모의 도움을 필요로 한다. 결국 부
모는 이래저래 한시도 마음 편히 쉴 수 없다.

평소보다 적게 먹고 적게 마셔라. 그리고 처자식을 부양할 때는 최선을 다해야 하는데 적어도 120퍼센트의 노력을 해야 한다. 처자식은 가장에게 의지하고, 가장은 만물의 주인이신 하느님께 의지한다.

로마 거리에 성전에서 약탈한 물건을 들고 행진하는 대오
티투스 개선문. 로마. 서기 90년경.

나무
열매

어느 날 아시리아의 왕이 갈릴리

호수 근처를 지나던 중 한 노인이 무화과나무를 심는 것을 보고

티투스의 개선
티투스가 유대전쟁의 승리를 기념하기 위해 사두마차를 타고 로마로 들어오는 장면. 티투스
개선문. 로마. 서기 90년경.

말을 걸었다.

"노인장께서는 언제쯤 그 나무에 열매가 열릴 거라고 생각하시오?"

"아마 70년 정도 지나면 열리겠지요."

노인이 대답하자 왕이 또 물었다.

"노인장은 그때까지 살아 계실 수 있을 것 같소?"

그러자 노인은 대답했다.

"글쎄요, 그때까지 살 수는 없겠지만 그래도 그런 것이 아닙니다. 제가 태어났을 때 우리 집 마당에는 많은 과일이 달려 있었습니다. 그것은 제가 태어나기도 전에 아버지께서 저를 위해 심어 놓으신 것이었지요. 저 역시 아버님과 똑같은 일을 하고 있는 겁니다."

자녀
교육

부모는 아들을 위해 할례를 해 주고, 탈무드를 전수해 주고, 기술을 가르쳐 주고, 결혼을 시켜 줄 의무가 있다. 그뿐만 아니라 처세훈까지 가르쳐 줘야 한다. 이렇듯 아버지는 아들에게 생존을 위한 수단과 방법 등을 모두 가르쳐 줘야 하는 것이다. 그러지 않다면 그는 자녀 교육을 잘못한 것이나 다름없다.

부모는 딸의 양육비만 아니라 결혼할 때에는 넉넉한 혼수도 마련해 줘야 한다. 그렇다면 어느 정도의 돈이 필요할까? 가지고 있는 재산의 10퍼센트 정도이다.

랍비 키스타는 자녀 교육에 등한시하는 부모에게 비유를 들어 말했다.

"까마귀가 새끼에게 먹이를 주지 않는 것처럼 이 자도 제 자식을 나 몰라라 하는구나."

현명한 어머니가
시집가는 딸에게

사랑하는 딸아! 네가 만일 남편을 왕처럼 존경하면, 그는 너를 여왕처럼 대할 것이다. 그러나 네가 하녀의 딸처럼 행동한다면, 남편은 너를 하녀처럼 대할 것이다. 만일 네가 자존심을 내세워 남편에게 봉사하기를 꺼린다면, 남편은 온갖 방법을 동원해 너를 힘으로 누를 것이다.

남편이 친구를 만나러 갈 때는 반드시 목욕시키고 옷차림을 단정하게 하여 외출하게 도와라. 그리고 남편의 친구가 집에 찾아오거든, 정성을 다하여 극진히 대접하여라. 그렇게 하면 너는 남편의 소중한 사람이 될 것이다. 언제나 가정에 신경을 쓰고 남편의 소지품을 소중하게 다뤄라. 그렇게 하면 그는 기꺼이 네 머리 위에 왕관을 바칠 것이다.

Talmud

두 형제

두 형제가 다투고 있었다. 두 사람 중 어느 쪽 의견이 옳고 그른지를 따지는 다툼이 아니라, 돌아가신 어머니의 유언 때문에 일어난 싸움이었다. 어머니의 유언을 해석해 보면 각자 일리가 있었다.

두 형제는 어릴 때부터 전쟁 때문에 독일, 러시아, 시베리아, 만주 등 이곳저곳을 정처 없이 숨어 다닌 탓으로 형제애가 남달리 두터웠다. 그런데 어머니의 유언을 놓고 다투면서 서로 비방하고 반목했다. 형은 동생을 잃고 동생은 형을 잃을 처지가 되고 말았다. 두 형제는 서로 말도 끊은 데다 한 방에 있는 것조차 싫어했다.

어느 날 두 형제는 따로 나를 찾아와 형은 동생을 잃었음을, 동생은 아끼던 형을 잃었음을 크게 한탄했다. 이것을 보면, 이 두 형제는 애초부터 다툴 마음이 없었던 것이다.

내가 강연할 기회가 생겨, 주최 측에 두 형제가 서로 모르게 참석할 수 있도록 특별히 부탁했다. 서로가 불편한 관계였기 때문에 평소에 얼굴을 마주치면 이내 헤어져 돌아갔겠지만, 이날만은 초청자의 체면을 생각하여 자리에 앉아 있었다. 필자는 형식적인 말을 끝내고 한 편의 탈무드 이야기를 했다.

　두 형제가 산을 사이에 두고 형은 오른 편에, 동생은 왼 편에 살았다. 형은 결혼해 처와 자식이 있었고 동생은 작은 집을 짓고 혼자 지냈다. 일 년 농사를 끝내고 두 형제는 모두 만족스러운 수확을 이루었다. 형은 곡식을 보면서 이런 생각을 했다.

　"하느님이 나를 도우셨구나. 내게는 마음씨 착한 아내와 아들딸까지 있는데 한 해 충분히 먹고도 남을 곡식까지 주셨어. 혼자 사는 동생은 외롭고 힘들 거야. 오늘 밤 동생이 깊이 잠든 틈을 타서 곡식을 그의 집에 가져다 놔야겠다. 그러면 누가 그랬는지 눈치 채지 못할 거야."

　그 시간에 동생도 풍년이 든 밭을 보면서 이런 생각을 했다.

　"하느님이 나를 도우셨어. 하지만 형은 나보다 나이도 많고 딸린 가족도 있으니 더 많은 식량이 필요할 거야. 오늘 밤 형이 깊이 잠든 틈을 타서 곡식을 형네 집에 옮겨 놔야겠어. 내일 형이 발견하더라도 누가 그랬는지 모를 거야."

  그날 밤 두 형제는 각자 곡식을 지고 길을 떠났다 자정 무렵 산꼭대기에서 서로 마주치고 말았다. 형제는 서로를 보자마자 그만 부둥켜안고 눈물을 흘렸다.

서기 66~70년대 동전
예루살렘 실로암에서 발견. 이스라엘박물관 소장.

복수와
증오

한 남자가 말했다.

"자네 솥 좀 빌려 주게나."

그러자 상대는 "싫어." 하며 단번에 거절했다.

얼마 후 이번에는 거절했던 그 남자가 찾아와 부탁했다.

"자네의 말 좀 빌려 주게."

그러자 그는 이렇게 말했다.

"자네가 솥을 빌려 주지 않았으니 나 역시 말을 못 빌려 주겠네."

이것은 복수다.

한 남자가 말했다.

"자네 솥 좀 빌려 주게나."

그러자 상대는 "싫어." 하며 거절했다.

얼마 후 이번에는 앞서 거절했던 그 남자가 찾아와 부탁했다.

"자네의 말 좀 빌려 주게."

그러자 먼저 그 남자는 말을 빌려 주면서 이렇게 말했다.

"자네는 솥을 빌려 주지 않았지만 나는 자네에게 내 말을 빌려 주겠네."

이것은 증오이다.

예루살렘 통곡의 벽.

진짜
부모

부모가 이혼할 때 아이가 6세 미만이면 어머니가 맡아 키우고 6세 이상이면 남자아이는 아버지가, 여자아이는 어머니가 맡아 키워야 한다. 단, 이 원칙은 아이에게 해롭다고 판단될 경우에는 언제든지 바꿀 수 있다.

부모는 나를 낳아 주신 분이 아니라 키워 주신 분이다.

하느님께서 말씀하셨다.

"너는 과부와 고아를 괴롭히지 마라. 네가 만약 그들을 괴롭게 해서 그들이 내게 부르짖으면 내가 반드시 그 부르짖음을 들으리라. 나의 분노가 심화되어 내가 너를 죽이리니 너의 아내도 과부가 되고 너의 자녀 역시 고아가 되리라."

내 아들아, 분주하고 바쁜 마을에서 공부하지 말라.(그곳은 네가 정신을 집중할 수 있는 곳이 아니다.)

학자가 시장으로 선출된 마을에서 살지 말라.(그는 오로지 학문에만 관심이 있는 책벌레여서 마을을 잘 다스리지 못한다.)

갑작스럽게 현관문을 열지 말라.(자신의 집이 맞는지 혹은 이웃의 집은 아닌지 확인해야 한다.)

아침 일찍 일어나 밥을 먹어라.(여름에는 더위를 피하고 겨울에는 추위를 막을 수 있다.)

주말을 보내듯 안식일을 보낼지언정 남에게 의지하지 말라.(남에게 빌린 돈으로 좋은 음식을 마련해 화려한 안식일을 보내지 말라.)

사람들과의 관계 유지에 최선을 다하라.(미래 네 운명이 그들에게 달려 있을지도 모른다.)

결혼과 가정

축복의
말

어느 유명한 학자가 랍비에게 축복의 말을 부탁하자, 그는 즉석에서 다음과 같은 이야기를 들려주었다.

"한 나그네가 사막을 가로지르고 있었습니다. 그는 몹시 지치고 허기지고 갈증이 나 쓰러지기 일보 직전에 나무 한 그루를 발견했습니다. 그 나무에는 달콤한 열매가 주렁주렁 달려 있었고 무성한 가지와 잎이 시원한 그늘도 있었지요. 옆으로는 작은 냇물이 흐르고 있었고요. 나그네는 나무그늘 아래서 휴식을 취하면서 열매를 따 먹고 시냇물로 해갈했습니다. 그리고 떠날 때가 되자 나무에게 말했습니다. 나무야, 내가 어떤 말로 감사의 인사를 해 주면 좋을까? 사람들이 쉴 수 있는 편안한 그늘을 가지길 바란다고 하고 싶지만 넌 이미 그것을 소유하고 있어. 달콤한 열매가 열리라고 축복하고 싶지만 네 열매는 이미 충분히 맛있어. 네 몸을 살찌우는 물이 충분히 공급되기를 바란다고 말하고 싶지만 그것도 이미 충분해. 그러니 이런 말로 너를 축복해 주고 싶구나. 하느님의 도우심으로 네 열매가 풍성하게 맺어, 많은 나무가 너처럼 훌륭한 나무가 되기를 바란다."

이야기를 끝낸 랍비가 학자에게 말했다.

"저 역시 우화 속의 주인공처럼 당신에게 어떤 축복의 말을 해야 할지 고민스럽습니다. 당신에게 최고 축복은 무엇일까요? 당신이 박학다식해지기를 바란다고 말하고 싶지만 당신은 이미 깊은 학식을 갖췄습니다. 부자가 되라고 축복하고 싶지만 당신은 이미 충분히 부유합니다. 자손이 번성하기를 축복하고 싶지만 당신은 이미 많은 자손을 두었습니다. 그러니 이렇게 말하겠습니다. 하느님의 축복으로 당신의 아들과 딸들이 당신처럼 훌륭하게 자라나기를 빌겠습니다."

네 아이가 자기 길을 찾아 순항할 수 있도록 하라. 그래야 평생 후회 없는 삶을 살 수 있다. 가정의 규범을 정할 때에는 가정생활에 가장 기본이 되는 것부터 기준으로 삼아라. 이에 대해 탈무드는 우리에게 "네 아들이 부정한 고기와 술을 탐하는 자와는 사귀지 못하게 하라."고 조언한다. 이는 부모들한테도 적용되는 말이다.

사랑의 자녀
교육법

자식은 강하고 올바르게 그리고 사랑으로 키워야 한다. 그러나 지나친 사랑은 아이를 응석받이로 키우는 것과 같다. 그것은 천리를 갈 수 있는 야생의 명마를 평범한 말로 키우는 것과 다름이 없으며 불효자로 만드는 지름길이기도 하다. 자녀의 응석을 받아 주기만 하는 부모는 노년에 아이로 인해 큰 고생을 한다. 따라서 그가 젊을 때 권한을 주지 말고, 그의 잘못을 모른 체하며 눈감아 주지 마라. 네 아이를 올바로 교육하고 정성을 다해 가르쳐라. 그렇지 않으면 훗날 그의 잘못된 행동으로 인하여 불행한 일이 발생할지도 모른다.

내 눈은 약간 사시였지만 부모님은 어릴 때부터 내가 사물을 정확히 볼 수 있도록 도와주셨고, 단 한 번도 비난한 적이 없었다. 그런 이유로 나 역시 남을 비난하는 버릇을 갖지 않게 된 것 같다. 부모님은 그렇게 내가 하지 말아야 할 일에 대해서 다정하게 가르쳐 주셨다. 그러므로 나도 내 부모님이 하셨던 것처럼 내 아이들을 그렇게 키웠다.

아버지가 화내고 비난을 하면 자식은 주눅이 들어 어쩔 줄 몰라 한다. 부모가 아이에게 비난을 하는 것은 누워서 침 뱉기처럼 자기 자신에게 되돌아온다. 바른 행동을 하는 내 아이를 보고 세상에서 가장 기뻐할 사람도, 비뚤어진 아이를 보고 가장 가슴 아파할 사람도 부모이다. 네 아이가 잘못해 매질을 하는 것보다는 차라리 인류의 회개를 위해 보속하는 심정으로 기도하는 것이 낫지 않을까. 자식은 부모의 거울이라는 교훈도 잊지 말자.

아이들을 가르치는 것은 아무 것도 적혀 있지 않는 백지 위에 무엇인가 그리거나 쓰는 일과 같다.

성과
사악한 충동

　　인간이 본능을 억제하여 성의 노예가 되지 않는다면 성관계는 정말 아름다운 것이다. 하지만 성의 충동을 절제하지 못하고 본능에 휘말리는 사람은 사회적 개인적 생활을 모두 망치게 된다.

　　악한 충동은 처음에는 거미줄처럼 가늘고 힘이 약하지만 충동이 거세지면 그 힘이 밧줄처럼 단단해진다.

　　네 시선을 네 이웃의 아름다운 부인에게 두지 마라. 그렇지 않으면 그녀의 그물 속으로 떨어질 것이다. 그녀의 남편을 찾아가지 말고, 그녀와 함께 독주를 마시는 일도 가급적 피하라.

　　하루는 어느 랍비가 두 남녀의 대화를 우연히 듣게 되었다.

로마 황제 베스파시아누스의 두상이 새겨진 '유대전쟁 승리 기념' 동전
로마에 대한 저항이 실패로 끝나고 성전이 무너진 뒤 서기 71년경 주조.

결혼과 가정

"이리 오세요, 우리 함께 가요."

'그래, 저들의 뒤를 따라가 죄를 짓지 못하게 말려야겠다.'

이렇게 생각한 그는 남녀의 뒤를 몰래 따라갔다. 그들은 농장을 여러 개 지나고 먼 길을 함께했지만, 그가 생각하는 일은 일어나지 않았다.

"당신과 시간을 보내 즐거웠어요. 아직 갈 길이 남았네요."

두 남녀의 작별 인사를 들은 랍비는 속으로 생각했다.

"만약 나였더라면 본능을 참지 못했을 거야."

결국 자기 자신에게 실망만 하고 왔던 길로 되돌아가는데, 한 노인이 그를 보고 말했다.

"위대한 사람일수록 사악한 욕망이 더 큰 법이지요."

부부 간의 성교는 신성하고 순결한 것이다. 성 자체를 추악하거나 수치스러운 것으로 보아서는 안 된다.

신성한 탈무드의 옹호자인 우리는 하느님을 믿고 찬미한다. 모든 피조물의 주인인 그분이 만드신 것 중 필요하지 않은 것은 아무것도 없다. 조물주가 어찌 흠결이 있는 것을 창조했겠는가? 그분은 참으로 전지전능하시다. 하느님은 남자와 여자를 창조하시고 그들의 신체 기관까지 만드셨다. 그중 사악한 것은 하나도 없다.

남자는 지혜의 비밀을 가지고 있으며 여자는 이해의 비밀을 가지고 있다. 순결한 성행위는 지식의 비밀에 속하며 적절한 성행위는 더 높은 정신적 만족을 가져다줄 것이다. 이보다 더 위대한 비밀은 남자와 여자가 서로 결합할 수 있도록 딱 맞는 몸을 갖추고 있다는 사실이다.

• 히브리어 야다(yada)는 섹스를 뜻한다. 야다는 또 상대를 안다란 뜻이기도 하다. 예를 들면 성경에서, 아담은 이브를 알고 난 후 아들을 낳았다고 되어 있는데, 여기에서 '안다' 는 말에는 성관계를 맺었다는 뜻도 포함돼 있다. '사랑은 곧 아는 것' 이라는 말도 흔히 사용되는데, 사랑하는 것은 함께 자는 것이라고 풀이할 수 있다.

• 야다 즉, 섹스는 창조의 행위이다. 그러므로 이것 없이는 결코 자기완성을 이룰 수 없다.

• 섹스는 평생 동안 오직 한 사람과 해야 한다.

• 섹스는 자연의 일부분이므로 성행위 자체가 부자연스러운 일이 아니다.

• 섹스는 철저하게 개인적인 관계에서 행해져야 하며, 아주 친밀한 분위기 속에서 행해지지 않으면 안 된다.

• 자신을 컨트롤할 수 없는 상황에서는 섹스를 하지 말아야 한다.

• 아내의 동의 없이 아내와 섹스를 해서는 안 된다. 아내가 거절하는데도 힘으로 강요하는 것은 금지되어 있다.

• 돈과 섹스에는 공통점이 있다. 없으면 그것만을 생각하게 된다. 그러나 있을 때에는 다른 것들을 즐길 여유를 갖게 된다.

나쁜 아내
좋은 남편

한 사람이 랍비에게 물었다.

"나쁜 아내란 어떤 이를 일컫습니까?"

랍비가 대답했다.

"남편을 위해 음식을 차릴 때 말은 번드르르하게 하지만 실상 먹을 게 없는 밥상을 차리는 여자이다."

옆에 있던 다른 랍비가 끼어들며 말했다.

"남편을 위해 밥상을 차린 후 바로 몸을 돌려 드러눕는 여자이다."

성경에서는 이렇게 말씀하셨다.

"다투는 여자는 비 오는 날에 연이어 떨어지는 물방울과 같다."

말 없는 남편과 수다쟁이 아내가 같이 사는 것은 노인이 모래 언덕을 올라가는 일만큼 어려운 일이다.

좋은 아내는 남편을 즐겁게 하고 장수하게 한다.

좋은 아내는 남편의 기쁨이다. 남편은 조용한 가운데 안락한 나날을 보낼 수 있다.

좋은 아내는 맑은 날씨와 같다.

좋은 아내는 신이 준 최고 선물이다.

사랑스러운 아내는 남편의 행복이다. 그녀의 여성스러운 매력은 남편을 행복하게 한다.

영원한 청춘과 아름다운 얼굴은 신성한 탑을 밝히는 등과 같다.

튼튼한 다리와 균형 잡힌 몸매는 은으로 된 집의 금빛 기둥과 주춧돌이다.

악처를 얻은 남자만큼 불행한 사람은 없다.

아내는 남편을 위해 옥수수를 빻아 빵을 굽고, 세탁을 하고, 음식을 만들고, 아이를 돌보고, 이부자리를 정돈하고, 털옷을 짜야 한다.

만약 아내가 시집올 때 데리고 왔거나 고용한 여종이 있다면, 아내는 옥수수를 빻거나 빵을 굽거나 세탁을 하지 않아도 된다.

만약 아내가 두 명의 여종을 데리고 있다면, 아내는 식사를 준비하고 아이를 돌보는 일을 하지 않아도 된다.

만약 아내가 세 명의 여종을 데리고 있다면, 아내는 이부자리를 정돈하고 털옷 짜는 일을 하지 않아도 된다.

만약 아내가 네 명의 여종을 데리고 있다면, 아내는 편안하게 의자에 앉아 아무 일도 하지 않아도 된다.

랍비 엘리사는 "아내가 비록 백 명의 여종을 데리고 있더라도 게으름뱅이가 되지 않도록 털옷 짜는 일만은 계속해야 한다."고 말했다.

사랑이 깊은 부부는 칼날과 같이 좁은 침대에서도 함께 누워 잘 수 있지만 서로 미워하는 부부라면 60평방미터짜리 침대라도 좁다.

이 세상에서 가장 행복한 사람은 누구인가? 현명한 부인을 둔 남자이다.

남자가 결혼을 하면 그때부터 죄가 늘어난다.

아내를 이유 없이 학대하지 마라. 하느님이 당신 아내의 눈물방울을 세고 있다.

모든 병 중 마음의 병만큼 괴로운 것은 없다. 또 모든 악 중에서 악처만큼 나쁜 것은 없다.

이 세상에서 무엇과도 바꿀 수 없는 것, 그것은 조강지처이다.

섹스의
조건

초기 예언자들은 남자의 생식기를 '가정 평화의 상징'이라고 보았다. 그리고 남자가 늙고 쇠약해져 성기능을 잃는 것을 참으로 안타까워했다. 왜냐하면 아내에게 성적 만족을 주는 것은 남편의 중요 의무 중 하나였기 때문이다. 그뿐만 아니라 섹스를 거부하는 남편이나 아내는 나쁜 남편 또는 나쁜 아내라고 보았다. 심지어 그들은 다양한 직업군의 남자들을 위한 최소한의 성생활 주기표도 만들었다. 이는 성생활을 통해 부부관계가 더 돈독해지도록 돕기 위해서다. 그들이 만든 직업별 성생활 계획표는 다음과 같다.

직업이 없는 남자는 하루에 한 번,

일을 하는 남자는 일주일에 두 번,

단기 출장으로 가끔 집을 비우는 남자는 일주일에 한 번,

장기 출장으로 집을 자주 비우는 상인은 반년에 한 번이 적당하다.

금요일 밤이나 일요일 해질 무렵은 정신활동이 가장 왕성한 시간이다. 그러므로 이 시간대는 성생활을 즐기기에는 매우 좋은 때이다. 돈을 많이 벌지만 집을 자주 비워야 하는 직업, 즉 남편이 출장을 자주 다니는 직업을 가졌다면 그의 아내는 어떤 생각을 할까? 대답은 다음과 같다.

"차라리 돈을 적게 벌어 오는 것이 나아요. 금욕생활을 대가로 치르고 싶지 않아요."

그렇다면 책상머리 학자는 얼마나 자주 자신의 의무를 다해야 하는 걸까? 랍비 주다는 매주 금요일 밤에 한 번 하는 것이 적당하다고 말했다. 탈무드에서는 남편은 말로 청해야 하고, 부인은 단지 마음으로 청해야 한다고 가르친다. 이는 여자만의 고유한 미덕이다. 다시 말해 아내는 자신이 원하는 바를 말로 하지 말고 마음으로 유혹해야 한다는 뜻이다.

아내는 남편에게 속하므로 남편은 아내와 그 어떤 관계도 맺을 수 있다. 남편은 성욕이 왕성할 때 아내와 성교할 수 있으며 아내의 몸 어디에도 입을 맞춰도 된다. 하지만 허투루 정액을 허비해서는 안 되며 경솔하게 잠자리를 가져서도 안 된다. 그리고 섹스를 할 때에는 스스로 신성한 존재라고 여겨야 한다.

　남자는 출장을 가면 반드시 몸을 조심해야 한다. 매춘부는 남자를 집요하게 유혹하여 그의 몸을 더럽히려고 할 것이다. 하지만 남자는 매춘부와의 잠자리에서 성에 관한 지식과 기교를 배울 수 있다. 그리고 남편은 아내를 만족시킬 책무가 있기 때문에 아내가 동의할 경우에는 매춘부와 관계를 맺을 수 있다.

　남편이 이렇게 해야 하는 이유는 다음과 같은 두 가지 때문이다. 첫째, 정신적·육체적 쾌락이다. 그는 이런 쾌락을 통해 가정과 공동체의 교류와 평화를 확산해야 한다. 둘째, 아내가 임신하면 새로운 영혼이 탄생하게 되며, 이는 새로운 인류를 생산하는 것이다.

　남편은 아내에게 인간에 대한 사랑과 하느님에 대한 사랑에 대해 충분한 설명을 해 줘야 한다. 그리고 절대 억지로 아내와 육체적인 관계를 맺어서는 안 된다. 하느님의 성령은 강압적인 섹스나 부자유스러운 부부관계를 원치 않기 때문이다. 그뿐만 아니라 아내와 갈등을 빚어서도 안 되며 성적인 학대를 해서도 안 된다.

이혼의
조건

　　　　　　남편은 혼인과 관계된 아내의 정당한 요구를 거절할 수 없다. 그가 아무런 이유 없이 아내의 요구를 거절해 고통을 준다면 이는 탈무드의 가르침을 모독하는 것이다.

　남편이 병에 걸리거나 쇠약해져서 성생활을 못하게 되면 아내는 적어도 반 년 정도는 기다려야 한다. 그동안 남편의 건강이 회복될 수도 있기 때문이다. 그리고 반 년이 지난 뒤 남편은 아내와 함께 살지 혹은 이혼할지를 결정해야 한다. 이혼할 때에는 아내에게 케투바(ketubah·유대인 결혼 계약서)에 적힌 재산을 주어야 한다.

　아내가 남편과의 섹스를 거부한다면 자신의 의무를 다하지 않는 것이며, 바로 질타를 받게 된다. 만약 남편이 싫어지고 예전처럼 즐겁게 섹스하기 싫어한다면 남편은 즉시 이혼해 줘야 한다. 아내는 남편에게 잡혀온 노예가 아니다. 그러니 자신이 싫어하는 남자에게는 순종해야 할 이유가 없다. 하지만 이런 이유로 헤어질 경우 아내는 전 재산을 포기해야 한다. 다만 옷가지와 평소에 쓰던 물건 몇 가지는 가져갈 수 있다.

만약 아내가 단지 남편을 괴롭히기 위해 "그는 이런 고통을 당해야 마땅해요. 저에게 함부로 대했기 때문이에요."라며 비방했다면 법원은 즉각 이런 판결을 내릴 것이다.

"부인이 계속 남편에게 비방을 늘어놓을 경우 부인의 재산은 모두 자동적으로 포기된다는 것을 알려 드린다."

고부 간 다툼이 벌어졌을 때 남편이 아내에게 침묵을 강요하면 아내는 돌변하여 남편과도 말다툼을 벌일 것이며 섹스도 거부할 것이다. 그러므로 가장 좋은 방법은 침묵하는 것이다. 그러니 결코 고부 간 싸움에 끼어들지 마라. 당신의 부모가 억지로 아내의 흠을 들춰낼 수 있다. 이럴 때 아내에게 잘못이 없다는 것을 알았다면 효심을 핑계로 아내를 억울하게 하면 안 된다.

남편이 아내 친정 식구들이 자신의 집에 오는 것을 싫어한다면 아내는 남편의 뜻을 존중해야 한다. 그리고 아내가 아프거나 출산을 하지 않는 이상 처가 사람들이 갑자기 그의 집에 찾아와서도 안 된다. 마찬가지로 아내가 시댁 식구들이 자신의 집에 오는 것을 부담스러워 한다면 남편도 아내의 뜻을 존중해 줘야 한다. 그 누구도 부부의 집에 함부로 출입하거나 함께 살 권리가 없기 때문이다.

유대인은 결혼한 지 10년이 지나도록 아기를 낳지 못한다면 남편은 이혼을 청구할 수 있으며, 두 사람 모두 재혼할 수 있다. 탈무드에는 "아내가 아이를 낳지 못할 경우 이혼할 수 있다."고 나와 있다.

봉헌절(하누카, Hanukkah)의 등.
동으로 만든 등. 뉴욕 유대전통박물관 소장.

결혼과 가정

위기를 모면한 부부

어느 마을에 사는 부부가 결혼한 지 10년이 넘도록 아이가 생기지 않았다. 남편이 이혼을 요구하자 아내는 이웃 마을에 사는 랍비를 찾아갔다. 랍비는 두 사람의 이혼을 극력 반대하면서 둘이 다시 결합할 수 있도록 온갖 노력을 기울였다. 그러나 남편의 의지가 확고한 것을 알고 그는 한 가지 제안을 했다.

"이렇듯 이혼을 원하니 어쩔 수 없지. 그럼 이혼 파티를 열어 마지막 날을 기념하는 것은 어떤가?"

부부는 그 의견에 동의했고 잠시 후 이혼 파티가 열렸다. 그날 저녁 술을 흠뻑 취하도록 마신 남편이 아내에게 말했다.

"함께 살았던 이여, 우리가 헤어지기 전에 당신이 가장 소중하게 여기는 것 가운데 하나를 고르시오. 당신이 친정으로 돌아갈 때 가져갈 수 있게 그것을 넘겨주겠소."

남편은 말을 끝내고 바로 잠에 곯아 떨어졌다. 그러자 아내는 하인을 시켜 남편을 친정으로 업고 가 침대에 눕혔다. 한밤중에 남편이 잠에서 깨어났다.

"아니, 여기가 어디지?"

"여보, 여긴 저희 친정이에요."

남편이 잠에서 깨어날 때까지 옆에 앉아 있던 아내가 말을 이었다.

"당신이 내가 가장 소중하게 여기는 것 가운데 하나를 고르라고 했잖아요. 이 세상에서 저한테 당신보다 더 소중한 건 없어요."

아내의 행동에 크게 감동한 남편은 이혼하지 않기로 결심했다. 이후 두 사람은 서로 사랑하며 살았고, 아이도 둘이나 낳았다.

가정의 평화

랍비 메이어는 매주 금요일 밤마다 회당에서 설교를 했는데, 한 번에 몇 백 명씩 몰려들어 그의 설교를 들었다. 그들 가운데 한 여자가 메이어의 설교를 정말 좋아했다. 다른 여자들은 금요일이면 안식일 음식을 만드느라 바쁜데, 그녀는 매번 랍비의 설교를 들으러 왔다. 그러던 어느 날 밤 설교가 길어져 집으로 돌아왔을 때 날은 이미 어두워져 있었다. 문 앞에는 그녀의 남편이 화가 잔뜩 난 얼굴로 서 있었다. 내일이 안식일인데 음식을 준비하지 않고 어디로 쏘다니느냐며 화를 내며 물었다.

"도대체 어디 갔다 오는 거요?"

"회당에서 랍비님의 설교를 듣고 오는 길이에요."

"그럼 그 랍비의 얼굴에다 침을 뱉고 오기 전까지는 집 안에 한 발짝도 들어설 생각을 하지 마시오."

남편은 그렇게 소리치며 문을 쾅 닫고 안으로 들어가 버렸다. 집에서 쫓겨난 아내는 하는 수 없이 이웃집에서 한동안 머물렀다.

이 소문을 들은 메이어는 자신의 설교 때문에 한 가정의 평화가 깨졌다며 몹시 자책했다. 그러고는 사람을 시켜 그 여인을 불러 눈이 몹시 아프다고 하면서 이렇게 말했다.

"남의 침으로 씻으면 낫는다고 하니 제 눈 좀 씻어 주세요."

그리하여 여인은 랍비의 눈에다 침을 뱉게 되었다.

소식을 전해들은 랍비의 제자들은 마치 자신이 모욕을 당한 듯 스승에게 물었다.

"선생님께서는 덕망이 높으신데 어찌하여 여자에게 얼굴에 침을 뱉게 하셨습니까?"

랍비가 대답했다.

"가정의 평화를 되찾기 위해서라면 그보다 더 심한 일도 할 수 있다네."

천국과
지옥

어떤 남자가 아버지에게 살진 닭을 잡아 드렸다. 아버지가 아들에게 물었다.

"이 닭을 어디서 구했느냐?" 남자는 퉁명스럽게 대답했다. "그런 걱정은 마시고, 어서 많이 드시기나 하세요." 그래서 아버지는 더 이상 묻지 않았다.

또 한 남자는 밀을 빻아 밀가루를 만드는 방아꾼이었는데, 왕이 명령을 내려 방아꾼을 전쟁터로 소집하였다. 그래서 아버지를 자기 대신 방앗간에서 일하게 하고 자기는 왕이 있는 성으로 갔다.

여러분은 이들 두 아들 중 누가 천당으로 가고, 누가 지옥으로 떨어질 것인가 생각해 보라.

두 번째 남자는, 왕이 소집한 사람들을 혹사하고 천대하며 먹을 것도 제대로 주지 않는다는 것을 알고 아버지 대신 자신이 갔던 것이다. 그래서 그는 죽어 천당으로 갈 수 있었다. 그러나 아버지에게 닭을 잡아 드린 남자는 아버지의 물음에 제대로 대답을 하지 않았으므로 지옥에 갔다.

언행 중 자신의 부모를 욕되게 하지 말라.

나이 든 아버지가 아침 일찍 일어나 먹을 것을 달라고 하면 불손한 아들은 이렇게 말할 것이다. "아직 해가 뜨지도 않았는데 벌써부터 밥 타령이세요?"

아버지가 "아들아, 이 외투와 물건은 어디서 샀느냐?"고 물었을 때 불손한 아들은 이렇게 대답한다. "내 돈으로 산 것이니까 신경 쓰지 마세요. 상관도 하지 마세요."

또 불효막심한 말을 하는 아들도 있다. "노인네는 언제 죽지? 언제 나는 해방의 기쁨을 맛볼 수 있을까?"

결혼과 가정

효자

옛날 이스라엘의 어느 마을에 디마라는 사람이 살고 있었다. 그는 100디나르 하는 다이아몬드를 가지고 있었다. 어느 날 랍비가 사원을 꾸미는 데 쓰려고 100디나르를 가지고 그의 집으로 다이아몬드를 사러 갔다. 디마는 랍비가 비싼 값을 치르겠다는 말에 그러겠노라고 대답한 뒤, 다이아몬드를 보관하는 방으로 들어갔다. 그러나 그때 아버지가 다이아몬드를 넣어 둔 금고의 열쇠를 베개 밑에 넣고 낮잠을 자고 있었다. 그 모습을 본 디마는 조용히 문을 닫고 나와 다이아몬드를 팔지 않겠다고 말했다.

그러자 사람들은 디마가 돈을 더 받기 위해 술수를 쓰는 거라며 쑥덕거렸다. 이에 랍비가 다이아몬드 가격을 1,000디나르로 높였다. 마침 그때 디마의 아버지가 잠에서 깨어 밖으로 나와 다이아몬드를 랍비에게 건넸다. 그러고는 값은 치르려는 랍비에게 이렇게 말했다.

"제 아들은 아비가 잠이 깰까 걱정하여 다이아몬드를 팔지 않으려고 했던 것입니다. 제 아들은 효심을 이용하는 사람이 아닙니다. 그러니 애초의 100디나르만 주십시오!"

부모를
사랑하라

랍비 타프온이 어머니와 시골 길을 걷고 있었다. 그런데 어머니가 신고 있던 샌들이 찢어져 자갈길을 걷기가 힘들어졌다. 그러자 그는 손수 자신의 손으로 어머니 두 발을 받쳐서 편안히 집까지 모셔다 드렸다. 너무 무리했던 탓인지 랍비는 몸져눕게 되었다. 병이 난 아들을 보고 어머니가 외쳤다.

"야훼께서는 축복을 내려 주소서. 아들은 제 어미에게 효도하다 병이 났습니다. 하루빨리 아들의 병이 낫게 해 주옵소서."

어머니의 기도를 들은 마을 사람들이 대체 무슨 일이냐고 물어 결국 자초지종을 알게 되었다.

다른 랍비들이 이 이야기를 전해 듣고 다음과 같이 말했다.

"어머니를 위해 그런 수고를 마다하지 않다니 참으로 효자로다. 앞으로는 이스라엘을 위해 더 많은 일을 할 것을 기대하노라."

위대한 랍비 요세프는 어머니의 발소리가 가까워지면 이렇게 말했다.

"잠들지 말라. 어머니의 발소리는 천사가 다가오는 소리 같으니."

살아있는 동안에 아들, 아내, 형제 또는 친구를 막론하고 누구에게도 자신의 재산을 넘겨주지 말라. 그렇게 한다면 후회막급일 것이다.

자식보다 재산을 믿는 쪽이 훨씬 더 안전하다.

부모를 봉양하는 것은 부모님의 은혜에 보답하는 일이며 끝이 없다. 그러니 만물을 창조하신 하느님을 공경하듯 부모님을 사랑하라.

성경에서도 다음과 같은 말씀하셨다.

"네 아버지와 어머니를 존경하라. 그리고 노동해서 수확한 열매를 기쁘게 바처 드려라."

그렇다면 어떻게 해야 할까? 자신의 재산을 가난한 형제나 가난한 이웃에게 나눠 주는 것도 하나의 방법이다. 이 일은 자발적으로 해야 하며 강요에 의하거나 억지로 해서는 안 된다. 과거에 많은 죄를 진 사람일수록 특히 가난한 사람들을 적극 도와야 한다.

하지만 부모를 존경하는 것은 이와 다르다. 죄를 지은 사람이든 준법정신이 투철한 시민이든 모두 부모에게 효도하는 것을 하늘의 뜻으로 생각해야 한다. 생활이 다소 궁핍하더라도 말이다.

적토로 빚은 새의 두상
높이 6.2cm, 예루살렘에서 발견, 기원전 13세기.

아빠 새
아기 새

새 무리 중 늙은 새는 항상 둥지를 지키고 있었다. 힘이 없어 비행을 못하기 때문이다. 그때 건강한 젊은 새가 멋지게 창공을 선회하다 바람을 가르며 둥지로 날아오더니 사냥한 먹이를 모두 늙은 부모에게 바쳤다. 이 모습을 다큐멘터리 방송으로 본 사람들은 하나같이 울컥하며 고향의 부모님에게 전화를 드리거나 편지를 쓰기 시작했다.

인간은 누구나 나이가 들게 마련이고 세월 앞에 장사가 없는 법이다. 인간은 돈을 벌고 그것을 소비하는 기계에 불과할까? 그렇다면 인간의 사회관계가 기계에 의존할 때의 효율은 얼마나 될까? 고장 난 기계가 어느 날 갑자기 폐기 처분되어 버려지는 것처럼 우리도 그렇게 되지는 않을까? 그렇게 되면 누구나 자신이 이 세상에 진짜 필요한 존재인지에 대해 의심을 품게 될 것이고, 깊은 회의에 빠지게 될 것이다. 나아가 본인이 쓸모없는 사람이라는 생각까지 하게 될 것이다.

우리 스스로 인정하는 것과는 상관없이 인간은 자연의 법칙을 거스를 수는 없다. 그러니 노인을 단지 폐기 처분돼야 할 노쇠한 기계로 취급해서는 안 된다. 그가 인생에서 축적한 수많은 삶의 지혜와 경험을 존중해야 한다. 그들은 참된 지혜와 경험을 갖고 있을 뿐만 아니라 깊은 통찰력도 지니고 있으며 정의와 사랑에 대해 깊이 이해한다. 이렇듯 노인은 이 모든 덕과 품위를 쌓은 산 증인들이다.

아빠 새가 아기 새 세 마리를 안고 폭풍우가 몰아치는 바다를 건너려고 했다. 그런데 바람이 거세게 불기 시작하자 아빠 새는 맏이부터 한 마리씩 바다를 건너 주기로 마음을 먹었다.

바다 한가운데쯤 건넜을 때 아빠 새는 품안의 맏이에게 물었다.

"얘야, 아빠는 너를 위해 생명의 위험까지 무릅쓰고 있단다. 너도 커서 어른이 되면 아빠를 위해 이렇게 해 주겠니?"

맏이가 대답했다.

"제가 무사히 육지에 도착만 한다면 나중에 어떤 일이라도 다 해 드릴게요."

맏이의 말이 끝나기도 전에 아빠 새는 화가 나서 맏이를 바다에 던져 버렸다.

그러고 나서 혼자 중얼거렸다.

"내가 왜 이런 자식을 위해 목숨까지 건 걸까?"

아빠 새는 이번에는 둘째를 데리고 바다를 건너기 시작했다. 도중에 맏이에게 했던 질문을 똑같이 했더니 놀랍게도 둘째도 맏이와 똑같은 대답을 하는 게 아닌가. 아빠 새는 둘째 역시 바다에 던져 버린 다음 눈물을 흘리며 중얼거렸다.

'너도 마찬가지구나.'

아빠 새는 마지막으로 막내를 품에 안고 바다를 건너며 두 형제에게 했던 질문을 다시 던졌다. 막내가 대답했다.

"사랑하는 아버지, 아버지는 지금 저를 위해 위험을 무릅쓰고 풍랑과 싸워가며 바다를 건너고 있어요. 아버지의 말씀에 당장 그렇게 하겠다고 대답할 수는 없지만 한 가지만은 약속할게요. 저는 거짓말은 못하겠어요. 제가 커서 아이가 생기면 아버지가 베풀어 주신 사랑을 제 자식에게 주겠어요."

막내의 말을 들은 아빠 새가 말했다.

"아주 훌륭한 대답이로구나. 나도 최선을 다해 너를 바다 건너 육지로 안전하게 데려다 주마."

TALMUD BY SENIA

4
육체 생활

먹고, 마시고 성생활에 탐닉해

자신의 품격을 지키지 못하는 사람은

어떠한 율법을 위반하지 않았더라도

한심한 인간임에 틀림없다.

인체의 신비

육체가 튼튼하면 정신이 맑고 밝아진다. 아브라함의 후손인 우리 유대인은 특히 위생과 관련해 놀라울 정도로 철저한 생활을 견지한다. 그리고 의사가 부재중인 마을에서는 거주하려 하지 않는다. 왜냐하면 건강한 몸에서 지혜가 나오고 이는 곧바로 경건한 삶으로 이어진다는 것을 역사를 통해 알고 있기 때문이다.

어느 날 힐렐이 급하게 길을 가고 있는데 학생들이 달려와 물었다.
"선생님, 무슨 일이라도 생겼습니까?"
"지금 나는 착한 일을 하러 가는 중일세."
학생들이 궁금하게 여겨 스승의 뒤를 따라가 보니, 힐렐이 대중목욕탕으로 들어가는 게 아닌가. 학생들은 몸을 닦는 스승에게 물었다.

"목욕이 선행하는 일인가요?"

학생들이 의아해하며 묻자 힐렐이 대답했다.

"자기 자신을 깨끗하게 하는 일은 아주 중요한 선행 중 하나라네. 로마 사람들을 보게. 그들은 거리에 있는 수많은 동상을 깨끗이 닦는다. 그러나 사람이란 동상을 닦는 것보다는 자기 자신을 닦아 깨끗하게 하는 것이 선행이지."

이처럼 힐렐을 음미하면 음미할수록 위대한 말을 수없이 많이 남겼다. 그중에서 몇 개를 정리해 보았다.

당신이 지식을 늘리지 않는다는 것은 지식을 줄어들게 하는 것과 같다.

자신의 지위를 과시하려는 사람은 이미 자기 인격에 상처를 낸 것이다.

상대방의 입장에 서 보지 않고는 그 사람을 판단하지 마라.

배우는 사람은 부끄러워해서는 안 된다.

인내심이 부족한 사람은 교사의 자격이 없다.

만약 당신 주변에 뛰어난 인물이 없다면, 당신 자신이 그런 인물이 되어야 한다.

스스로 자신을 생각하지 않는다면, 누가 자신을 생각해 주겠는가?

지금 즉시 그것을 하지 않는다면, 언제 할 수 있는 기회가 오겠는가?

인생 최대 목표는 평화를 사랑하고 평화를 추구하여 그것을 가져오는 것이다.

자기 일만을 생각하는 사람은 자기 자신조차 될 자격이 없다.

랍비 아키바가 로마인에게 잡혀 투옥되자 여호수아는 매일 아키바에게 필요한 물을 몰래 가져다줬다. 그러던 어느 날, 그 일을 하다가 형리에게 발각되었다. 그가 말했다.

"왜 이렇게 많은 물을 가져오는 것이오? 설마 그를 탈출시킬 음모를 꾸미는 건 아니겠지?"

말을 마친 형리는 기분 나쁘다는 듯 여호수아가 들고 있는 물의 절반을 바닥에 쏟아버렸다.

아키바는 평소보다 물을 적게 가져온 것을 보고 말했다.

"오늘은 어째서 물이 이렇게 적은가?"

여호수아는 할 수 없이 조금 전에 있었던 일을 자초지종 털어놓았다. 그러자 아키바가 말했다.

"우선 남은 물로 손부터 씻어야겠네."

"그럼 마실 물이 부족하지 않는가?"

여호수아가 걱정스런 표정으로 말하자 아키바가 흥분한 듯 대답했다.

"하느님은 우리에게 매일 얼굴과 손 그리고 발을 깨끗이 씻으라고 하셨네. 내가 지금 옥에 갇혀 그분의 뜻을 따를 수는 없지만 손이라도 씻어야겠네."

그렇게 말한 아키바는 손을 씻기 전에는 물 한 방울도 입에 대지 않았다.

건강을 유지하고 몸을 청결하게 하는 것은 유대인의 의무 가운데 하나이며 이는 하느님을 사랑하는 행위이다. 반대로 자신의 몸을 돌보지 않거나 고의로 손상시키는 행위는 하느님을 모독하는 행위이며 죄악이다. 먹고 마시는 행위 그리고 성생활에 지나치게 탐닉해 자신에게 주어진 책무를 올바르게 하지 못하는 사람도 마찬가지다.

어느 날 랍비 슈나가 아들을 아키바에게 보내 가르침을 받게 했다.

"제가 왜 그분한테서 배워야 하나요? 그분은 언제나 세속적인 것에 대해서만 이야기하는데요."

육체 생활

사마리아 경관. 살구나무 꽃이 활짝 핀 고대 이스라엘 북부 도시 현재 예루살렘에서 북쪽으로 67km 떨어진 곳.

아들은 이렇게 불만을 늘어놓다가 마지못해 아키바에게 갔다. 공부를 마치고 돌아온 아들에게 아버지가 무엇을 배웠는지 물었다. 아들은 아키바는 처음부터 마지막까지 인간의 몸과 그 기능에 대한 이야기만 해 줬다고 대답했다.

그러자 아버지가 웃으며 말했다.

"그건 인체에 대한 이야기지 세속적인 이야기가 아니구나. 앞으로 그에게 더 많은 가르침을 받아도 되겠어."

하느님은 하늘과 땅을 창조하시고, 천상과 지상의 만물을 만드셨다. 그런데 창조하신 모든 것은 인간을 위해서였다.

하느님은 세상에 숲을 만든 뒤 인간의 몸에도 숲을 만드셨는데 바로 인간의 머리카락이다.

하느님은 세상에 골짜기를 만든 뒤 인간의 몸에도 골짜기를 만드셨는데 바로 인간의 귀다.

하느님은 세상에 바람을 만드신 뒤 인간의 몸에도 바람을 만드셨는데 바로 인간의 호흡이다.

세상에는 해가 있고, 인간의 몸에도 해가 있는데 바로 인간의 이마이다.

세상에는 짠 물이 있고, 인간의 몸에도 짠 물이 있는데 바로 인간의 눈물이다.

세상에는 시내가 있고, 인간의 몸에도 시내가 있는데 바로 인간의 소변이다.

세상에는 병풍이 있고, 인간의 몸에도 병풍이 있는데 바로 인간의 입술이다.

세상에는 높은 탑이 있고, 인간의 몸에도 높은 탑이 있는데 바로 인간의 목이다.

세상에는 돛대가 있고, 인간의 몸에도 돛대가 있는데 바로 인간의 팔이다.

세상에는 말뚝이 있고, 인간의 몸에도 말뚝이 있는데 바로 인간의 손가락이다.

세상에는 웅덩이가 있고, 인간의 몸에도 웅덩이가 있는데 바로 인간의 배꼽이다.

세상에는 흐르는 물이 있고, 인간의 몸에도 흐르는 물이 있는데 바로 인간의 혈액이다.

세상에는 나무가 있고, 인간의 몸에도 나무가 있는데 바로 인간의 뼈다.

세상에는 언덕이 있고, 인간의 몸에도 언덕이 있는데 바로 인간의 엉덩이다.

세상에는 절구가 있고, 인간의 몸에도 절구가 있는데 바로 인간의 관절이다.

세상에는 준마가 있고, 인간의 몸에도 준마가 있는데 바로 인간의 다리이다.

세상에는 높은 산과 골짜기가 있듯, 인간의 몸에도 높은 산과 골짜기가 있다. 서 있는 인간의 모습은 높은 산 같고, 바닥에 누운 모습은 골짜기 같다.

이처럼 하느님은 세상의 모든 것을 인간의 몸에도 만들어 주셨다.

건강에 대하여

3,000년도 넘은 더 오래전부터 유대인은 전염병이나 역병에 대해 큰 관심을 보였다. 병을 예방하기 위해 몸을 자주 씻어 깨끗이 한다든가 건강에 관한 처치를 실행하고 있었다.

유대인이 집단을 이뤄 사막을 여행할 때, 한 사람이라도 질병에 걸리게 되면 그것은 돌림병으로 발전되었고 이 돌림병은 집단 전체를 감염시키곤 했다. 따라서 유대인은 옛날부터 건강한 생활의 필요성을 절실하게 인식하고 있었던 것이다.

건강한 생활을 위해 가장 중요한 것 중 하나는 청결인데 어쩌면 이는 경건함보다 우선한다.

음식을 만들기 전과 후에는 반드시 손을 씻어야 한다. 손을 씻지 않고 음식을 먹는 것은 전염병을 옮기는 것과 같다. 자신이 사용한 물 컵을 다른 사람에게 주어서도 안 된다. 이로 인해 다른 이의 생명이 위태로워질 수도 있다. 인간에게 유익한 땀에는 세 가지가 있다. 병에 걸린 뒤 나는 땀, 목욕하고 흘리는 땀 그리고 노동으로 인한 땀이다.

뜨거운 물로 목욕한 뒤 바로 찬 물로 헹구지 않는 것은 마치 용광로에서 제련된 철을 즉시 차가운 물에 넣지 않는 것과 같다.

랍비 가말리엘은 페르시아 사람들에게 부러운 점이 세 가지가 있다고 했다. 즉 음식을 먹고 화장실에서 일을 보고 성생활을 할 때 정도를 지킨다는 점이 그것이다. 페르시아 사람들은 위의 3분의 1만 먹고, 3분의 1만 마시고, 3분의 1은 비워 둔다. 절약을 하기 위해서든, 건강을 지키기 위해서든, 음식은 간단하고 소박하게 먹는다. 다음은 그들의 건강법 중 일부이다.

너무 오래 앉아 있지 않는다. 치질에 좋지 않다.

너무 오래 서 있지 않는다. 심장에 좋지 않다.

너무 오래 걷지 않는다. 뼈에 좋지 않다.

앉고, 서고, 걷는 일을 공평하게 3분의 1씩 분배하라.

여행, 성교, 돈, 노동, 음주, 수면, 뜨거운 물 사용, 오락, 이 여

육체 생활

덕 가지는 지나치면 해롭고 적당히 하면 이롭다.

알코올, 도박, 범죄 이 세 가지는 인간을 해친다.

운동은 인간의 육체를 건강하게 하고 질병을 예방해 주지만 평소 건강한 사람들은 운동을 크게 중요하게 여기지 않는다. 운동을 하면 인체는 활성화된다. 몸은 운동을 통해 열에너지를 만들어내고 이 에너지는 체내에서 힘을 형성하며 나중에는 몸 밖으로 배출된다. 그리고 운동으로 나쁜 습관을 줄이거나 없앨 수도 있다. 의사들은 운동이야말로 인체에 유익할 뿐만 아니라 그 어떤 보약보다 더 탁월한 효과가 있다고 한다.

또 운동을 할 때는 강약이 있어야 한다. 힘을 너무 많이 쓰는 운동은 호흡에 나쁜 영향을 끼치며 격렬한 운동은 몸을 피로하게 한다. 그러므로 너무 긴 시간 운동을 해서는 안 된다.

슬픔에 너무 오래 빠져 있지 말고 일부러 자기 자신을 괴롭히지 마라.

마음의 기쁨은 사람을 활기차게 하며 즐거움은 사람을 장수하게 한다.

질투와 분노는 수명을 줄이며 걱정은 노화를 앞당긴다.

마음이 즐겁고 정상적인 욕망을 가진 사람은 무엇을 먹어도 다 맛있다.

아름다운 소리, 풍경 및 향기는 인간의 정신 상태를 긍정적으로 만든다.

감정의 변화는 인간의 몸에 큰 영향을 미친다.

건강한 사람은 안색이 좋고 목소리가 유쾌하며 에너지가 넘친다. 반대로 건강하지 못한 사람은 표정이 어두워지고 활력이 사라진다. 그리고 얼굴색이 변하고 기분이 우울해지며 목소리에 힘이 빠진다. 맥박도 약해진다. 유쾌한 일이 생기면 신체에는 긍정적 변화가 일어난다. 몸이 튼튼해지고 목소리가 높아지며 표정이 밝아진다. 이어 동작까지 민첩해지고 맥박이 빨라지며 체온이 상승한다. 그뿐만 아니라 뺨이 상기되고 눈도 빛난다.

공상하기 좋아하는 사람은 오랜 시간을 생각하는 데 쓰며, 사회생활을 거부한다. 게다가 과거의 즐거웠던 기억마저 잊어버리고 부정적인 생각이 극에 달하면 아무리 유명한 의사라고 해도 치료할 방법이 없다.

음식에
대하여

        탈무드에는 유대인이 먹어서 좋은 것과 먹어서는 안 될 것이 기술되어 있다. 이것은 먹는다는 것을 포함하여 일상생활의 온갖 행위가 종교적인 의미를 지니고 있음을 시사한다.

    동물들은 먹기 위해 산다. 그렇지만 인간은 살기 위해 먹는다. 먹는다는 것은 삶의 일부이므로 이것은 아무래도 종교적이 될 수밖에 없다.

    음식을 할 때 많이 쓰면 해롭고 적게 쓰면 이로운 물건이 있는데, 이스트 같은 효모와 소금이 대표적이다. 매 끼니 후 소금과 물을 적절히 섭취하면 질병을 예방하고 건강을 유지할 수 있다. 식사 때 소금을 섭취하지 않고 술 마실 때 물을 마시지 않는 사람은 입에서 냄새가 나고 밤에는 목이 아프다.

음식을 물에 말아 먹는 사람은 소화불량에 걸리지 않는다. 그럼 인간은 식사 때 얼마만큼의 물을 마셔야 할까? 빵 한 조각에 물 한 모금이 적당하다.

물을 마시지 않는 사람이 먹는 음식은 혈액의 순환을 방해하며, 이는 소화불량을 불러온다. 식사 후 움직이지 않는 사람은 음식이 위에서 썩는다. 그게 입 냄새의 주요한 원인이 된다.

채소를 충분히 섭취하면 피부가 하얗게 변한다. 사탕무는 심장과 눈에 좋고 장에도 이롭다. 그러나 사탕무로 만든 수프는 불 위에 올려 팔팔 끓여 먹어야 효능이 좋다.

마늘에는 여러 가지 효능이 있다. 마늘을 먹으면 몸이 따뜻해지고, 얼굴에 광채가 나며, 정액이 증가하고, 몸 속 기생충이 사라진다. 무와 생선도 몸에 좋다. 달걀은 영양이 가장 풍부한 식품으로 삶았을 경우 영양이 더욱 높아진다. 과일 중에 영양소가 가장 많은 것은 대추이다. 대추는 몸의 열량을 높여 주고 배변을 원활하게 도와주며 체력까지 키워 준다. 또 심장에 부담을 주지 않기 때문에 아침저녁으로 먹으면 위장병이나 부인병, 불면증 등에 매우 좋다. 그러나 오후에 먹으면 몸에 좋지 않다.

아침식사를 하면 다음과 같은 효능을 볼 수 있다.

첫째, 더위와 추위를 막으며, 뇌를 활성화시킨다.

둘째, 우매한 자를 총명하게 만들어 학문을 증진시키게 도와준다.

셋째, 단백질, 탄수화물, 섬유질이 풍부한 음식을 섭취하게 되면, 몸이 활성화되며 피로회복에 유익하다.

넷째, 아침식사는 장 건강과 피부 미용에도 좋고 일의 능률도 높인다.

다섯째, 아침식사는 집중력과 추진력을 강화해 준다. 그리고 이스라엘에서는 "마라톤에 참가한 60명의 선수 중 아침밥을 먹은 자가 일등을 한다."는 말이 있을 정도로 아침식사를 중요하게 여긴다.

음식이 풍성한 식탁에서 입맛을 다시며 수다 떨지 마라.

진귀한 요리가 조금 먼 곳에 있더라도 손을 뻗어 집지 마라. 같이 초대받은 손님 앞으로 요리 접시 밀지 마라. 네가 좋아하는 것을 남도 좋아할 것이라고 생각하지 마라.

여러 사람과 같이 식사할 때는 그들보다 먼저 손을 뻗지 마라.

교양 있는 사람은 적은 양으로도 만족하며 분위기를 즐긴다.

음식을 절제하는 사람은 숙면을 취하고 아침 일찍 일어나 기분이 상쾌하다.

불면증, 소화불량, 복통을 호소하는 사람은 대부분 과식이나 탐식한 사람들이다.

자신의 애마를 돌보듯 자신의 몸을 관리한다면 어떠한 질병도 예방할 수 있다. 가축에게 지나치게 많은 먹이를 주는 주인은 없다. 항상 적당한 양을 먹인다. 하지만 제 몸이 받아들일 수 있는 양은 생각지 않고 지나치게 많은 음식을 먹는 사람도 있다. 이런 부류의 사람은 가축에게는 병에 걸리지 않고 항상 건강한 상태를 유지하도록 정성을 기울이나 정작 자신의 몸은 잘 돌보지 않는다.

채식을 주로 하는 식생활은 인류의 희망사항이다. 인간에게 동물을 먹을 수 있는 권한을 준 것은 하느님이 인간의 욕망에 한 걸음 양보하신 것이다. 사자도 언젠가는 소나 양처럼 풀을 뜯어 먹게 될 것이다.

시간에
대하여

이집트에서 탈출했을 때 유대인들
은 정신적으로 노예였다. 그들은 몇 세기에 걸쳐서 노예였다. 이른
아침부터 밤늦게까지 노예생활을 했다. 자유 시간이란 개념은 전혀
알지 못했다. 노예한테는 자유가 없었기 때문이다. 그런데 그들은
갑자기 자유로운 인간이 되었고 마침내 십계명이 주어졌다. 처음에
는 십계명을 받아들일 만한 상태가 아니었다. 그들은 점점 시간에
대한 개념을 알아차리기 시작했다. 매일의 시간을 어떤 식으로 사
용했는가를 되풀이해서 물었다. 오늘 하루 어떤 좋은 일을 했는가?
무엇을 했는가? 시간을 낭비하지는 않았는가? 하루의 마지막에는
오늘은 과연 좋은 날이었는지 어떤지를 물었다. 오늘은 좋은 날의
이틀째였는가 하는 식으로 물었으며, 매일 조금씩 음식을 회당으로
가지고 갔다. 7주간, 즉 49일 동안을 반복했다. 이것이 유대인에게

시간이라는 개념의 중요성을 깨닫게 해 주었다. 11~14세 되는 어린이에게도 자신의 시간을 효율적으로 사용할 수 있도록 교육했다. 시간은 한 번 지나가면 절대 되돌아오지 않기 때문이다. 유대인의 휴일은 시간과 관계가 있다. 장소가 아니라 시간이다. 그러므로 안식일은 매우 중요하다. 이날만큼은 시간을 어떻게 효율적으로 쓸 것인가를 구체적으로 배우게 된다.

안식일 등잔.
20세기 초 제작. 예멘. 현재. 예루살렘 이스라엘박물관 소장.

육체 생활

자살에
대하여

매일 조금씩 자살해 가는 사람은 이 승이나 저승이나 속할 곳이 없다. 조금씩 자살을 한다는 말은 매우 우스운 표현이지만 다음과 같은 뜻을 지니고 있다. 매사에 지나치게 고민하거나 후회하여 생기를 잃고 정신적으로나 육체적으로나 건강이 나빠져서 마침내는 인생을 망쳐 버리는 것을 말한다.

유대인들은 하루하루의 생활을 즐겁게 살아가라고 가르치고 있다. 인간은 매일 새로운 기회를 접하며, 또 새로운 기회에서 주어지는 새로운 도전에 직면하는 것이다. 이 말은 하루하루가 각기 다르고 새롭기 때문이다. 그래서 지나치게 비관하거나 후회하거나 괴로워해서도 안 된다. 그런데 매일 조금씩 자기를 죽여 가는 사람은 이와 정반대의 생활을 하는 셈이다. 유대사회에서는 자살보다 더 큰 죄악은 없다. 한때 유대민족은 자살한 사람을 묘지에 묻지 못하게 했다. 그것은 유대인 사회에서 완전히 말살되고 추방된다는 의미이다. 그러므로 매일 자기를 조금씩 죽여 가는 자는 이 세상을 즐겁게 살 수 없으므로 이 세상에서 살고 있다고 할 수 없다. 게다가 자살한 사람은 죽어서도 말살되기 때문에 저 세상에도 속할 수 없는 것이다.

압살롬의 무덤
예루살렘의
부근에 있는
키드론 계곡.
기원전 1세기

육체 생활

질병에
대하여

하느님이 말씀하셨다. "병문안은 아무리 자주 가도 지나치지 않다."

"지나치지 않다."는 말은 어떤 의미인가?

랍비 요세프는 이렇게 말했다.

"병문안을 가면 무한한 보상을 받게 된다."

랍비 아바예는 이렇게 분석했다.

"하느님의 계명을 실천하는 데 무슨 보상을 받는단 말인가? 그 말은 위대한 인물일수록 자신보다 못한 사람의 병문안을 자주 가야 한다는 뜻이다."

랍비 라와는 이렇게 덧붙였다.

"하루에 백 명의 병자를 찾아 위로하는 사람도 있다."

아키바의 제자 가운데 한 명이 중병에 걸렸는데 아무도 병문안을 가지 않았다. 아키바는 그러나 제자가 아프다는 소리를 듣자마자 즉각 그의 집을 찾아갔다. 제자는 스승이 온다는 전갈을 받고 마당에 빗질을 하는 등 청소를 하기 시작했다. 그렇게 종일 청소를 한 그는 자연스레 운동을 한 셈이 되었고 서서히 병세가 호전되었다. 마침내 저녁이 되자 언제 그랬느냐는 듯 기력을 회복하였다. 제자가 말했다.

"스승님은 저의 은인이십니다."

병문안을 마친 아키바가 제자들에게 말했다.

"아픈 동료를 찾아가지 않는 것은 살인행위와 같다. 병문안은 환자의 회복을 앞당겨주는 명약이다."

병에 걸린 적을 찾아가지 말고, 상을 당한 적에게는 안부를 묻지 마라. 그는 당신이 자신의 상태를 염탐하기 위해 찾아왔다고 여길지도 모른다. 그러나 적의 장례식에는 가능한 참석하여 조문하라. 그렇지 않으면 사람들은 당신이 그의 죽음을 기뻐하여 찾아오지 않았다고 생각할 것이다. 죽음이야말로 동서남북 모든 사람의 종착역이 아닌가!

랍비 이스마엘과 랍비 루크가 회당 앞을 산책하고 있었다. 그러다 우연히 얼굴이 뒤틀린 한센 병 환자를 만났는데 그는 루크의 옷깃을 잡으며 이렇게 말했다.

"랍비님, 어떻게 해야 병이 나을 수 있을까요?"

그는 선행과 더불어 약을 꾸준히 복용하라고 일러 줬다.

두 랍비 곁에서 산책을 하던 사람이 물었다.

"저자한테 병을 준 사람이 누구입니까?"

"전능하신 하느님이시네."

"그렇다면 왜 하느님은 치유의 은사를 저자한테 베풀어 주지 않으실까요?"

"이웃 형제들이 고통 받을 때 외면했기 때문이지."

막벨라 굴에 위치한 유대인 가족 무덤
히브리 문장에 삽입된 그림. 1400년경 작품. 북이탈리아 카살레 몬페라토 지역.

의사가 필요할 때 사람들은 의사를 신처럼 생각한다.

의사가 생명을 구해 주면 사람들은 의사를 구세주로 생각한다.

의사가 병을 고치지 못하면 사람들은 의사를 평범한 사람으로 생각한다.

의사가 계산서를 보내면 사람들은 의사를 악마라고 생각한다.

의사는 또 다른 저승사자이다.

의사가 환자를 치료하면서 최선을 다하지 않았다면, 예전에 아무리 많은 환자를 고쳤다고 할지라도 살인죄를 저지른 것과 마찬가지다. 의사의 오진은 어떤 결과를 가져올까? 의사가 환자에게 큰 실수를 저질렀는데도 완치되는 경우도 있고, 의사의 작은 실수가 환자를 죽음에 이르게 만들기도 한다. 지혜로운 의사라면 이러한 점을 명심해야 한다.

나는 지금까지 줄곧 모든 환자의 질병을 고치겠다는 생각으로 최선을 다했다. 치료비에 개의치 않고 환자를 돌보기도 했으며 심지어 진료비를 받지 않은 적도 많다. 나는 환자의 수를 늘려 부를 축적하기 위해서가 아니라 그들이 잃어버린 건강을 되찾을 수 있도록 많은 관심과 노력을 기울였다. 그리고 어떤 환자든 평등하게 대하는 것은 한시도 잊지 않았다. 나는 이제껏 그 누구의 병을 더 키위 주지 않았고, 진찰을 할 때는 언제나 양심에 따라 진료했다. 그리고 약재상들과 결탁하여 사적인 이익을 취하지도 않았다. 마땅히 정직한 상인들의 약을 사려고 노력했으며 약을 처방할 때는 환자의 상태에 맞춰 양을 조절했다. 그뿐만 아니라 진료 중 알게 된 환자의 비밀을 지금까지 한 번도 누설하지 않았다. 나는 질병과 관련된 의학서적을 여러 권 출판했으나 그로 인한 어떤 이득도 취하지 않았다. 오직 환자를 치료할 수 있는 방법과 인류 건강에 대해서만 집중했다.

돈이 없는 환자들한테 값비싼 진료비를 요구하지 말며, 가난한 자들의 치료를 거부하지 마라. 그들을 치료할 때에는 특별히 신경을 써라. 모두 너의 명성을 높여 줄 사람들이다.

환자의 생명력을 키우기 위해서는 음악을 적극 활용하라. 또 환자들에게는 유쾌하고 즐거운 이야기를 들려주고, 그들의 친구와 함께 어울리도록 하라. 어떤 병에 걸린 사람이든 쾌활한 성격의 사람이 간호하는 것이 좋다. 그래야 치유 속도가 빠르다. 이는 모든 환자에게 해당하는 것이다. 의학의 발전과 과학의 진보는 의사와 환자 사이를 멀리 떨어뜨려 놓았다. 많은 의사들은 이런 부정적 변화는 의학의 발전 탓이라고 주장한다. 예전에는 환자를 동정하고 사랑을 베푸는 것 외에 의사가 해 줄 수 있는 일이 별로 많지 않았다. 그러나 현대 사회는 의학의 발전으로 의사들과 환자들이 예전처럼 가깝게 지내야 할 필요성이 크게 줄어들었다.

의학의 눈부신 발전은 전문직 의사를 만들어냈다. 이를테면, 의학의 어느 영역을 발전시키기 위해서 의사들은 전문의가 돼야만 했다. 그러나 전문화와 동정심, 의료 기기와 개인의 감정 관계가 악화돼야 할 이유는 없는데도 그렇게 변화되고 있다.

의사는 환자에게 약을 주는 사람도, 진료비만 생각하는 사람도 아니다. 의사는 환자를 치료해야 할 도덕적 책임이 있는 자이며 그들 사이에는 비즈니스 관계가 형성된다. 의사와 환자의 관계도 인간 대 인간으로서 교감이 이루어지고 그들 사이에 사랑, 신뢰, 책임감 등이 존재한다. 또 의사는 환자와 일종의 계약을 맺고, 생명의 비밀을 탐구하며 환자의 운명을 결정짓기도 한다. 대부분의 의사는 권위적이고, 대부분의 환자는 초조하고 불안하여 어찌할 바를 모른다. 그러나 실제로 고통을 받는 사람은 환자이며, 의사는 그들의 유일한 희망이다.

우리 몸에는 6개의 가치 있는 부분이 있다. 이 중 3개는 스스로 조절할 수 없지만 나머지 3개는 자기 마음대로 조절할 수 있는 부분이다. 전자는 눈과 귀와 코이고, 후자는 입과 손과 발이다.

올바른 사람은 자신의 욕망을 지배하고, 그렇지 않은 사람은 자신의 욕망에 지배를 받는다.

스위티 장식용 판
도금한 동 재질. 양피지 부분에 먹으로 쓴 글자가 있음. 유대인 회당에서 기도 및 장식용으로 사용. 1803년 프로이센에서 제작. 현재 뉴욕 유대전통박물관 소장.

우리 인생에는 너무 지나치면 안 될 8가지가 있다. 여자, 돈, 일, 술, 잠, 여행, 약, 향료가 바로 그것이다.

우리 인생에는 너무 지나치면 안 되는 3가지가 있다. 빵에 넣는 이스트와 소금과 망설임이다.

죽음을 앞둔 환자에게는 주변을 깨끗이 정리해야 한다고 알려 줘야 한다. 그에게 돈을 빌려간 자가 누구인지, 어느 은행에 예금이 있는지 등 채무 상황도 가족에게 인계해야 한다고 말이다. 그러나 환자에게 이런 말을 해서 죽음이 앞당겨지는 것 같은 두려움을 느끼게 해서는 안 된다.

환자의 죽음이 얼마 남지 않았으면 다음과 같이 참회하게 도와 줘야 한다.

"참회를 한 사람들은 죽었어도 영원히 살았고, 참회하지 않은 사람들은 살았어도 모두 죽었습니다. 우리도 회개하면 영원한 생명을 얻을 것이오."

마지막
심판

　　　　　　　나는 죽은 뒤 법정에 섰다. 그들은
나에게 마땅히 공정해야 할 만큼 공정했느냐고 물었다. 나는 아니
라고 대답했다.

　그들은 나에게 마땅히 베풀어야 할 만큼 자비를 베풀었느냐고
물었다.

　나는 아니라고 대답했다.

　그들은 나에게 마땅히 해야 할 만큼 공부를 했느냐고 물었다.

　나는 또 아니라고 대답했다.

　그들은 나에게 마땅히 해야 할 만큼 기도를 했느냐고 물었다.

　나는 똑같은 대답을 했다.

　하느님의 심판은 매우 간단했다. 하느님은 이렇게 말씀하셨다.

　"발레리노여, 너는 진실을 말했구나. 그래서 네가 곧 돌아갈

Talmud

세상을 나와 함께 누리도록 허락하노라.

방패를 든 유다 마카베오
방패에 '유다의 사자'가 새겨져
있음. 이스라엘박물관 소장.

육체 생활

TALMUD BY SENIA

5

도덕 생활

지식을 가진 사람은

가난해지지 않는다.

지식을 가진 사람은

모든 것을 가진다.

지식이 없는 사람은

무엇을 가질 수 있을까?

지식을 얻은 사람은 부족한 것이 없다.

지식을 얻지 못한 사람은

무엇을 가지고 있을까?

토라에
대하여

하느님은 이스라엘에게 토라, 영토 그리고 천당이라는 세 가지 선물을 주셨지만 여기에는 고통이 수반했다. 그리고 이스라엘은 토라, 즉 신의 계시를 지켜야 할 책무를 갖게 되었다.

무엇 때문에 하느님은 이스라엘을 선택하셨을까? 다른 민족들이 토라를 인정하지 않고 거부할 때 이스라엘만이 이를 수용하였기 때문이다.

어느 나라에 과수원을 가진 왕이 있었다. 이 과수원에서는 수많은 무화과나무, 포도나무, 석류나무, 사과나무가 자라고 있었다. 어느 날 왕이 과수원을 다른 용도로 사용하려고 과수원을 둘러보았다. 그런데 가시나무가 무성하게 우거진 곳에서 장미 한 송이가 활짝 피어 있는 게 눈에 들어왔다. 왕이 그쪽으로 걸음을 옮겨 장미를 꺾자 향기가 사방에 퍼졌고 왕은 황홀한 기분에 휩싸였다.

왕이 말했다.

"저 장미 한 송이가 과수원을 살렸구나. 이곳을 그대로 두어라."

훗날 하느님은 지상에 사악한 무리가 판치는 것을 보고 대홍수를 일으켜 세상을 없애 버리려고 했다. 그러나 장미 한 송이와 같이 아름다운 존재인 이스라엘로 말미암아 그 생각을 유보하였다.

토라, 신에 대한 숭배, 인간의 선행 등 세 가지는 세상의 기초를 이루고 있다. 여자와 놀기 좋아하는 자는 스스로 화를 끌어들이고, 토라 공부를 게을리 하는 자는 지옥에 떨어질 것이다.

머리가 텅 빈 자는 죄짓는 것을 두려워하지 않으며, 토라에 무지한 자는 경건함을 모른다. 성격이 급한 자는 남의 스승이 되지 못하고, 자질구레한 일에 관심을 갖는 자는 늘 중요한 것을 놓친다. 비록 당신이 책임자가 아닐지라도 맡은 일을 포기하면 안 된다. 토라에서 많은 것을 배운 당신은 백 배의 상을 받을 것이다. 당신의 하느님께서 넘치도록 챙겨 줄 것이다.

두 사람이 모였는데 토라에 대해 토론하지 않는다면 그들은 이스라엘을 모르는 자들이며, 현자들은 그들과 한 자리에 앉지 않는다. 세 사람이 모였는데 토라에 대해 토론하지 않는다면 그들은 탈무드를 모르는 자들이다. 열 사람이 모여 토라에 대해 토론한다면 그들은 하느님과 함께하는 사람들이다. 토라를 받아들이는 사람은 왕의 구속과 세상의 속박으로부터 자유롭다. 그러나 토라를 받아들이지 않는 사람은 왕의 구속과 세상의 속박으로부터 자유롭지 못하다.

　먼저 죄에 대한 두려움을 알고 난 후 지혜를 배웠다면 지혜를 오랫동안 간직할 수 있다. 그러나 지혜를 먼저 배우고 죄에 대한 두려움을 나중에 알게 되었다면 그 지혜는 오래 지속되지 못한다. 일하지 않는 지혜와 행동하지 않는 지혜는 모두 의미가 없다.

　토라가 없다면 언행일치하는 삶은 존재하지 않을 것이며 언행이 일치했다면 토라는 존재하지 않았을 것이다. 지혜가 없다면 인간은 하느님을 경외하지 않았을 것이며, 하느님을 경외하지 않는다면 지혜도 없었을 것이다. 지식이 없으면 이해하지 못했을 것이고, 이해할 수 없으면 지식도 없는 것이다. 음식이 없으면 토라가 존재하지 않았을 것이고, 토라가 없었다면 음식 역시 존재하지 않았을 것이다.

토라의 가르침을 따라 생활하면 세상의 존경을 받을 것이고, 이를 경시하는 자는 멸시를 받을 것이다. 가난한 자가 토라의 가르침을 따르면 부자가 될 것이고, 부자가 토라를 무시하면 결국 가난해질 것이다. 토라는 인간사를 포괄하고 있으므로 우리는 반복해서 연구하고 공부해야 한다. 나이가 들어도 토라를 거울 삼아 끊임없이 자신을 다스려야 한다. 그리고 토라를 공부할 때에는 마음을 비워야 한다. 이것이 기본 원칙이다.

토라의
가치

토라를 열심히 공부하는 사람은 그 덕과 공이 점점 더 커지고, 세상 또한 그에게 경의를 표할 것이다. 그는 사람들에게 스승으로 불리며 하느님과 모든 이를 사랑한다. 그리고 공정 경건 정직하며, 죄와는 멀고 선과는 가깝다. 세상은 그로 인해 모략, 지식, 오성 등과 같은 지혜를 얻게 된다. 또 토라는 그에게 예리한 통찰력과 판단력도 부여한다. 왜냐하면 토라의 비밀이 그를 향해 열려 있기 때문이다. 그는 마치 영원히 마르지 않는 샘물이나 끊임없이 흐르는 강물과 같다. 그는 겸손하여 고통을 이겨 낼 수 있고, 다른 이의 모욕도 인내할 수 있으며 이로써 토라는 그를 더욱 위대하게 만들어 준다.

토라를 경시하는 자는 고통을 받는다. 토라의 가르침을 따르지 않는 자들은 모두 신으로부터 질타를 받을 것이다. 성경에서는 토라에 대해 다음과 같이 기록돼 있다.

"그 석판은 하느님이 만드신 것이다. 그 석판에 새겨진 글자도 하느님이 손수 새기신 것이다."

토라는 왕이나 제사장의 권한보다 훨씬 더 우위에 있다. 왕이 30가지의 자격을 갖고, 제사장은 24가지의 자격을 갖지만, 토라는 48가지의 자격을 가지고 있다. 즉 낭독, 이해와 깨달음, 경외, 흠숭, 기쁨, 겸손, 성인 공경, 동료들과 어울리고 소통하기, 평화, 성경과 미쉬나 통달, 상도, 사회교류, 잠, 대화, 유머, 인내, 선량한 마음, 신뢰, 음란한 마음 몰아내기, 자신을 잘 알기, 자신의 소유물에 대해 만족하기, 신중한 언사, 남들로부터 추대받기, 하느님 사랑하기, 인류 사랑하기, 정의로운 일 사랑하기, 강직하며 거리낌 없이 직언하기, 명예를 탐하지 않기, 학식을 자랑하지 않기, 제멋대로 결정하지 않기, 동포들과 부담을 나눠 갖기, 뒷담화하지 않기, 사람들을 진리와 평안으로 인도하기, 진심으로 공부하기, 질문과 대답을 잘해 주기, 남의 이야기에 귀를 기울이기(자기반성을 통해), 배운 것을 가르치기, 배운 것을 실천하기, 남에게 가르치려는 목적으로 공부하기, 실천을 목적으로 배우기, 스승님이 더 많은 지혜를 갖추도록 도와 드리기, 스승의 강의에 집중하기, 어떤 사물에 대해 객관적으로 평가하기 등이다.

도덕 생활

토라는 유대인 생활의 지침이자 우주 질서를 떠받치는 기둥이다. 만약 토라가 없었다면 도덕이 사라지고 세상은 혼탁해졌을 것이다. 토라는 세상이 창조되기 2,000년 전부터 존재했다. 하느님이 세상 만물을 창조하시기 전부터 있었던 것이다.

토라Torah
'인도' 혹은 '교훈'을 의미하는 단어이다. 지금은 성경의 앞 5권, 즉 모세5경을 가리킨다.

Talmud

여우와
물고기

어느 날 로마 정부는 유대인들에게 토라의 연구를 금지했다. 그러나 랍비 아키바는 사람들을 모아 토라를 가르쳤다.

제자 중 한 사람이 그에게 물었다.

"선생님은 로마 정부가 두렵지 않습니까?"

아키바가 대답했다.

"이야기 하나를 들려줄 테니 생각해 보게. 어느 날 여우가 강가를 걷다 다급히 헤엄치는 물고기 떼를 보고 물었네.

"너희들은 왜 도망가는 거지?"

"인간이 쳐 놓은 그물에 걸리지 않으려고 그래."

"그럼 육지로 올라와 나와 같이 지내자. 내가 보호해 줄게."

그러자 물고기들이 말했다.

"너는 머리가 좋다고 하는 여우인데도 왜 그런 바보 같은 말을 하니? 우리가 살고 있는 물속에도 이렇게 무서운 일이 많은데 육지로 올라가면 어떤 일이 생길지 어떻게 알겠니?"

이처럼 물고기가 물을 떠나 살 수 없듯이 우리 인간도 마찬가지다.

"하느님의 선물인 토라를 배우는 중에도 이러한 위험이 따르는데, 토라를 배우지 않는다면 얼마나 큰 어려움이 따르겠느냐?"

지혜의
보고

성경에서는 토라를 무화과나무에 비유해 "무화과나무를 돌보는 자는 반드시 열매를 맛보아야 한다."고 하였다. 이 말은 어떤 의미를 가질까? 무엇 때문에 토라를 무화과나무에 비유했을까? 예를 들면 대추나 포도는 씨를 버리고, 석류는 껍질을 까서 버린다. 그러나 무화과는 버릴 부분이 한 군데도 없이 다 먹을 수 있기 때문이다. 마찬가지로 토라의 말씀도 버려야 할 구절이 하나도 없다.

토라의 말씀은 물, 기름, 꿀, 우유와 같다. 이렇듯 토라가 액체와 같다는 말은 인간 생활의 근원이 된다는 의미다. 물이 대지를 촉촉이 적시듯 토라도 우리의 영혼을 적셔 준다. 물이 더러움을 깨끗이 씻어 주는 것처럼 토라도 더럽혀진 우리를 깨끗하게 정화시킨다. 물이 지저분해진 몸을 깨끗이 씻어 주듯 토라도 육체의 순결을 지

도덕 생활

커준다. 낙숫물이 바윗돌을 뚫듯이 하루하루 배운 토라의 가르침이 모여서 지혜의 보고가 되고 샘물처럼 영원히 마르지 않는다.

토라가 무엇인지 알지 못하는 자는 어둠 속을 걸어가는 사람과 다르지 않다. 등불이 없어 발밑 돌멩이에 걸려 넘어지기 일쑤이고 심지어 도랑에 빠져 죽기도 한다. 반대로 토라를 공부한 사람은 어디를 가나 밝은 빛이 앞을 비춰 준다. 성경에도 이런 구절이 나온다.

"주의 말씀은 내 발의 등불이요, 내 길을 비추나이다."

아킬레스는 로마 황실의 일원으로 유대교로 개종한 스승이었다. 황제는 그의 개종 소식을 듣자마자 곧바로 체포령을 내렸다. 그러나 아킬레스를 잡으러 간 병사들은 오히려 그의 말에 큰 감동을 받고 모두 유대교로 개종하였다. 황제는 병사들에게 아킬레스와 절대로 대화를 하지 말라는 명령을 내린 후 그를 체포할 수 있었다. 아킬레스가 병사들에게 잡혀 집을 나설 때 문틀에 있는 탈무드를 한참 바라보더니 손으로 그것을 집어 들면서 말했다.

"내가 너희에게 이 책이 무엇인지 말해 주겠다. 인간 세상에는 왕이 큰 방 안에 앉아 있고 하인들이 밖에서 그를 보호하는 것이 통례이다. 그러나 하느님은 하인들을 방안에다 모시고 자신은 밖에서 그들을 끝까지 보호하신다. 성경에 이르기를 '야훼께서는 너의 출입을 지금부터 영원까지 지키리로다.' 라고 할 정도로 우리를 끔찍이 사랑하신다."

1,000개의 제물을 바치는 자보다 토라를 열심히 연구하는 자가 낫다.

샌들
서기 2세기 제작. 요르단 사막의 레테스 동굴에서 발견됨. 현재 예루살렘 이스라엘박물관 문화재관리위원회 소장.

지식은
달콤한 것

      유대인 아이들은 첫 번째 수업 시간이 되면, 가장 좋은 옷을 입고, 랍비같이 학문이 높은 사람과 같이 교실에 들어간다. 교실에 들어가면 깨끗한 석판에 꿀로 히브리어 자모와 간단한 성경 구절이 적혀 있다. 아이들은 석판에 발라진 꿀을 혀로 핥으면서 히브리어를 배운다. 그리고 선생님들과 함께 꿀 과자, 사과, 호두를 나눠 먹는다. 이런 행위를 통해 아이들은 지식은 꿀처럼 달콤하다는 것을 배우게 된다. 그리고 선생님 한 명이 담당하는 학생은 25명을 넘지 않으며, 그 수를 넘길 경우에는 보조 교사를 채용한다. 성적이 부진한 학생은 우수한 학생과 같이 앉혀서 그를 돕도록 한다. 학생이 잘한 부분은 칭찬하되 실수를 해도 벌을 주지 않는다.

지식이 없는 사람은 믿음을 주지 못하고, 나약한 사람은 남을 가르치지 못한다. 성격이 급한 자가 남을 가르치기에는 한계가 있다.

천당의 문 앞에 도착한 자가 "살아생전 저는 너무 가난한 탓에 공부를 하지 못했습니다. 먹고 살 돈을 벌어야 했으니까요?"라고 하자 하느님은 이렇게 반문하셨다.

"네가 힐렐보다 더 가난했느냐?"

2,000여 년 전 바빌론에서 태어난 힐렐은 스무 살이 되던 해 이스라엘로 가서 아주 유명한 두 사람의 랍비 밑에서 공부했다. 당시 이스라엘은 로마의 지배를 받고 있어 유대인들의 생활은 고통스럽기 짝이 없었다. 그는 생계를 위해 돈벌이에 나섰으나, 하루에 동전 한 닢 벌기가 어려웠다. 그래도 운 좋게 동전 한 닢이라도 버는 날이면 절반은 최소한의 생활을 위해, 나머지는 수업료로 사용했다.

어느 안식일 전날 밤, 그는 돈을 마련하지 못해 수업에 참가할 수 없었다. 하지만 힐렐은 학교 수업을 듣고 싶었다. 그는 생각 끝에 남몰래 학교 지붕으로 올라가 귀를 대고 강의를 들었다. 그러던 중 피곤에 지쳐 깜빡 잠들고 말았다. 추위가 극성스럽던 한겨울인 데다 마침 눈까지 내려 힐렐을 덮어 버렸다. 다음 날 아침 수업이 시작되었다. 그런데 다른 날과 달리 교실 안이 매우 어두웠다. 모두가 천장을 바라보았다. 그런데 지붕으로 난 창을 누군가가 가리고 있는 게 아닌가. 서둘러 힐렐을 끌어내려 간호하자 그는 죽음에서 깨어났다. 그때부터 힐렐은 수업료를 내지 않고 공부하게 되었고, 그것이 계기가 되어 유대인 학교에서는 수업료가 사라졌다. 힐렐의 언행은 수많은 사람들에게 전해져 왔으며 그리스도의 말씀에도 적지 않게 인용되었다. 그는 천재였고 무게가 있고 예의 바른 스승이었다. 세월이 지나 힐렐은 랍비 최고 지도자에 올랐다.

성지 순례자가 사용하던 물병
6세기(비잔틴 시대). 예루살렘 이스라엘
박물관 문화재관리위원회 소장품.

Talmud

지식의
가치

회당에서 젊은 랍비 토머스가 학생들에게 말했다. "우리는 모든 사물에서 지식을 얻을 수 있다. 하느님의 창조물뿐만 아니라 인간이 만들어낸 것에서도 지식을 얻을 수 있다."

한 학생이 물었다.

"그럼 기차에서도 배움을 얻을 수 있습니까?"

"1분, 1초만 늦어도 일이 잘못될 수 있다는 것을 배울 수 있지."

"그렇다면 전신에서도 얻을 수 있습니까?"

"글자 하나하나에도 가격이 매겨져 있다는 것을 배울 수 있지."

"그럼 전화에서는 어떤 배움을 얻을 수 있습니까?"

"멀리 떨어져 있어도 대화를 할 수 있다는 것을 배울 수 있지."

다음의 이야기도 오늘날까지 회자되는 탈무드의 지식 관련 이야기이다.

배 안의 승객들은 거의가 큰 부자들이었는데 그중 랍비가 한 사람 끼어 있었다. 부자들은 서로 자신의 재산을 자랑하고 있었다. 그때 그 속에 있던 랍비가 이렇게 말했다.

"나는 내 재산을 보여 줄 수는 없지만 재산으로 치면 내가 최고 부자라고 생각하고 있소."

그때 마침 해적선이 그 배를 습격했다. 그래서 부자들은 금은보석 등 모든 재산을 해적들에게 빼앗겼다. 해적들이 사라진 뒤 배는 간신히 어떤 항구에 다다랐다.

랍비는 곧 학식과 교양이 높다는 것이 그곳 사람들에게 인정받아 학교에서 학생을 모아 가르치기 시작했다. 얼마 뒤 랍비는 배에서 동행했던 부자들을 만났으나 그들은 모두 가난뱅이로 전락해 있었다. 그들은 랍비에게 말했다.

"당신의 말이 옳았소. 지식을 가지고 있는 사람은 모든 것을 다 가지고 있는 것과 같소."

지식이야말로 언제 어디서 누구에게도 빼앗기는 일 없이 머리에 넣고 다닐 수 있기 때문이었다. 교육이 그 어떤 재산보다 더 중요한 재산이라는 사실이 입증되었던 것이다.

교사의
가치

활기차고 귀여운 아이들이 있어야 세상은 비로소 유지되고 발전할 수 있다. 그러므로 아이들이 학업을 미루거나 포기하게 해서는 절대 안 된다. 아이들이 없는 도시는 결국 사라지고 말 것이기 때문이다.

배우기를 즐기는 자는 나이가 들수록 지혜가 훨씬 더 풍부해진다.

무식한 자는 나이가 들수록 더 우매해진다.

젊었을 때 아무 것도 저축하지 않은 네가 늙어 무엇을 할 수 있겠는가? 백발노인으로서 분별력이 있고, 수많은 경험의 소유자로서 뜻 깊은 충고를 해 줄 수 있다는 게 얼마나 좋은 일인가.

스승은 아이들에게 가장 높은 사람이며, 부모와 같은 존재이다.

도덕 생활

제자는 스승을 더욱 지혜롭게 하며 사고의 폭을 넓혀 준다. 성현이 말씀하시길, "나는 선생님으로부터 많은 가르침을 받았고, 동료들한테도 많이 배웠지만 제일 많은 지식은 바로 내 제자들로부터 나왔다."고 했다. 작은 성냥이 큰 나무를 태울 수 있고, 학생들의 작은 생각과 질문이 모여 스승의 사고 지평을 넓혀 준다.

랍비 아키바는 로마 정부의 방침을 위반하고 유대교를 전파한 죄목으로 감옥에 갇혔다. 그의 제자 시몬은 감옥까지 찾아와 가르침을 받겠다고 했지만 아키바는 거절했다. 자칫하면 제자를 위험에 빠뜨릴 수 있었기 때문이다. 그는 그러나 다음과 같은 비유를 들어 제자를 가르치고 싶은 염원을 강하게 표현했다. 이 비유는 선생님에게 학생이 얼마나 필요한 존재인지 잘 보여 준다.

"어미 소가 새끼를 먹이려는 욕구는 새끼가 젖을 먹으려는 욕구보다 훨씬 크다."

학생은 크게 네 종류로 나뉜다.

첫째, 빨리 배우고 빨리 잊어버리는 학생: 얻는 것과 잃는 것이 같다.

둘째, 천천히 배우고 느리게 잊어버리는 학생: 잃는 것과 얻는 것이 같다.

셋째, 빨리 배우고 느리게 잊어버리는 학생: 총명한 학생.

넷째, 늦게 배우고 빨리 잊어버리는 학생: 멍청한 학생.

상감 기법으로 그린 모자이크 그림의 일부. 4세기(비잔틴 시대) 작품. 코베트-스말라 사마리아 유대회당에서 발견. 현재 예루살렘 이스라엘박물관 소장. 유대 사마리아구 고고학 관원의 소장품.

증인이
필요해

어느 날 대법원 판사가 친구에게 돈을 빌렸다. 친구는 돈을 빌려 주면서 한 가지 단서를 달았다.

"차용 증서를 쓰고 증인을 세워 서명해 주게."

"아니, 자네 날 못 믿겠다는 건가? 난 오랫동안 법을 연구하고, 법을 지키며 살아온 법조인일세."

"바로 그 점이 염려되는 걸세. 자네는 법만 연구하고 있어서 마음에 법이 가득하네. 따라서 약속 같은 건 쉽게 잊어버릴 수 있기 때문일세."

인구
정책

　　이스라엘은 아주 작은 나라로서 다른 여러 나라에게 둘러싸여 있다. 따라서 유대인이 외국인과 결혼한다는 것은 나라의 존립에 커다란 위협이었다. 오늘날에도 별반 다르지 않지만 다른 민족과 결혼하면, 그 상대방을 유대인으로 삼지 않는 한 자식은 유대인이 될 수 없다. 그러므로 결혼한 상대가 남자이든 여자이든 유대인으로 삼기로 되어 있다. 몇 사람이든 유대인이 될 수 있으며, 유대인으로 태어난 사람도, 도중에 유대인이 된 사람도 모두 유대인으로 간주된다. 유대인 아닌 사람과 결혼하여 그 사람이 유대인이 되지 않을 경우 유대인 전체의 미래가 위태롭기 때문이다.

도덕 생활

동물들의
안식일

　　　　　　엿새 동안은 일할 것이요. 일곱째
날은 쉴 안식일이니 거룩한 날이니라. 그러니 너희는 무슨 일이든
하지 마라. 이날은 야훼의 날이다.

　　이 대목을 묵상하다 보면 유대인이 기르고 있는 소, 개, 낙타, 양
은 이날 무엇을 먹어야 하는지 하는 의문이 생긴다. 그리고 나귀는
안식일에 일해도 무방한가? 아니다! 나귀 역시 안식일에는 쉬어야
한다. 그래서 유대인들은 이날만큼은 동물도 우리 밖으로 해방시
켜 들판에서 마음껏 뛰놀게 했다.

원로의
조언

모세는 스스로 모든 일을 하기로 결심한 후에는 절대 남에게 자신의 일을 도와달라고 하지 않았다. 이것은 지도자에게 아주 중요한 덕목이자 자질이다. 참모의 도움에만 의지하는 자세는 지도자로서 바람직하지 않으며, 당연히 그 일은 자신이 직접 해야 한다고 보았던 것이다.

또 모세는 자신의 형을 존경하는 마음이 참 좋았다. 물론 그는 자기가 형보다 훨씬 유능하다는 사실은 예전부터 알고 있었다. 그러나 형이 있는 자리에서는 항상 형을 존경하고 존중하는 자세를 견지했다. 모세는 타인의 이익을 위한 일 때문에 자기 목숨이 위태로웠던 적이 한두 번이 아니었다. 그뿐만 아니라 노인들의 지혜를 높이 평가하고 그들의 충고를 겸손하게 받아들였다. 종교적인 문제, 정치적 문제, 개인적 문제 등 어떤 것이든 나이 많은 원로들의 조언을 받아들였다.

도덕 생활

교사의
조건

자신의 부모와 스승이 모두 물건을 잃어버렸다면 어떻게 해야 할까?

답은 스승의 물건부터 먼저 찾아 드려야 한다. 부모는 당신을 세상에 태어나게 해 주셨지만 스승은 당신에게 지혜를 주고 풍요로운 학문의 길로 이끌어 주기 때문이다. 부모와 스승이 무거운 짐을 지고 있다면, 먼저 스승을 돕고 난 뒤 아버지를 도와라. 아버지와 스승이 똑같이 납치당했다면, 스승부터 구한 다음 아버지를 구하라.

스승이 제자에게 말했다.

"누가 너에게 100미나를 준다고 해도 너는 결코 거짓말을 하면 안 된다. 지금 누군가 내게 1미나를 빌려 간다면 증인을 세워 사실을 증명해야 한다.(유대 법에 따르면 빌려 준 돈을 받으러 갈 때도 최소 두 명 이상의 증인이 필요했다). 네가 법정에 서게 되면 증인 중 한 명을 세워야 한다. 네가 아무 말도 하지 않는다면 거짓 증언도 하지 않게 될 것이다. 설사 스승이라고 해도 거짓 증언을 해서는 안 된다. 성경에서 '거짓 증언을 하지 마라.'고 가르치지 않느냐?'

진도를 빨리 나가지만 실수가 많은 교사와 진도는 느리지만 실수가 없는 교사가 있다면 전자를 교사로 초빙해야 한다. 교사의 실수는 시간이 흐르면서 자연히 없어지게 되기 때문이다. 그러나 그와 반대로 진도는 느려도 실수가 없는 교사를 초빙해야 한다고 주장하는 사람들도 있다. 교사의 잦은 실수는 학생들에게 나쁜 영향을 미쳐 공부에 흥미를 잃게 할 수도 있기 때문이다.

또 평범한 실력의 교사와 실력이 탁월한 교사가 있다면 후자로 전자를 대체해서는 안 된다. 경쟁력이 없어지면 아무리 훌륭한 교사라도 게을러지기 때문이다. 능력이 탁월한 교사를 임용한다면, 그는 학생들을 열심히 가르쳐 성적을 높일 것이라는 주장도 타당하다.

선생은 자정에 일어나 낮에 수업을 한다. 수업을 시작하기 전에

도덕 생활

는 목욕재계해야 하며 과식이나 탐식을 부리지 말아야 한다. 그렇게 하지 않는다면 교사 자신에게도 좋지 않으며 배우는 학생들에게도 부정적인 영향을 미친다.

"학생들 수준에 맞춰 교육해야 한다."는 말이 있다. 예를 들면 성경에 대한 이해는 빠른데 탈무드에 대한 이해가 느린 학생에게 억지로 탈무드를 가르치려고 해서는 안 된다는 말이다. 또 탈무드를 잘 이해하지만 성경에 대한 이해가 느린 학생에게도 마찬가지다. 즉, 선생은 아이를 가르칠 때에는 그들이 이해할 수 있는 것을 가르쳐야 한다.

선생의 강의를 학생들이 잘 이해하지 못할 때 그들에게 화를 내거나 큰 소리로 비난하면 안 된다. 학생이 제대로 이해할 때까지 반복적으로 가르치는 것이 선생의 역할이다. 학생의 경우, 다른 친구들은 한 번에 이해하는데 자신은 여러 번 들어도 이해하지 못한다고 해서 실망할 필요는 없다. 이는 수업의 난이도가 높거나 학생의 지능이 높지 않은 경우에만 해당한다. 공부를 게을리 하여 수업을 잘 따라가지 못하는 학생이 있다면 선생은 그를 꾸짖어 부끄러움을 느끼게 해 공부에 집중하도록 도와주어야 한다.

선생은 학생에게 수업을 하거나 질문을 던질 때 함정을 준비해야 한다. 함정은 학생들의 두뇌를 더 빨리 회전시키고 학생이 수업 내용을 더 잘 기억하도록 도와준다. 또 선생은 학생이 더 분발하여 열심히 공부하도록 수시로 수업 내용에 대해 적절한 질문을 던져야 한다.

교사는 우수한 학생을 일반 학생과 나눠서 따로 가르칠 필요가 있을 경우 침묵해서는 안 된다. 학생들을 분리해 따로 가르치는 일이 경제적 부담이 될지라도 그들의 부모에게 따로 공부를 시킬 필요가 있음을 상기시켜야 한다.

교사는 학생을 너무 엄하게 대하지 말아야 한다. 편안하고 즐거운 분위기에서 하는 교육이 효과가 더 높기 때문이다. 교사는 때때로 학생들에게 약간의 간식이나 선물을 주기도 하고, 유머를 통해 학습 의욕을 북돋아 줘야 한다. 이는 학생들의 공부뿐만 아니라 인성 계발에도 큰 도움이 된다.

유머
리더십

소로 부인은 자신의 아들이 이비인후과 의사가 될 것이라며 자랑하는 것이 낙이었다. 여러 해가 지난 후 한 지인이 그녀에게 아들의 근황을 물었다. 소로 부인이 대답했다.

"예, 잘 지내고 있습니다. 그동안 아들은 치과 의사가 되었습니다."

그러자 지인이 물었다.

"아들이 이비인후과 의사가 될 것이라고 말씀하신 걸로 기억하는데, 무슨 일이 생긴 모양이군요?"

"그 애는 영리하지요. 내 아들은 인간에게는 귀가 두 개뿐이지만, 치아는 서른두 개가 있다는 사실을 알게 되었답니다."

랍비와 신부와 목사 세 사람이 기부금을 어떻게 배분하는가에 대해 이야기하고 있었다. 그들은 기부금의 일부는 자선 사업을 위해 쓰고, 나머지는 생활비로 충당하고 있었다.

제일 먼저 신부가 말했다.

"나는 땅 위에 둥근 원을 그려 놓고 돈을 모두 하늘을 향해 던집니다. 원 밖으로 떨어지는 돈은 자선 사업에, 안쪽으로 떨어지는 돈을 생활비로 씁니다."

이어 목사가 놀라면서 말했다.

"아, 그래요? 저도 비슷합니다. 다만 저는 땅 위에 선을 긋고 돈을 하늘을 향해 던져서 좌측에 떨어지면 자선 사업에, 우측에 떨어지면 생활비로 씁니다. 모든 것이 신의 뜻이지요."

랍비가 마지막으로 말했다.

"저 역시 두 분과 똑같이 하늘을 향해서 돈을 던집니다. 그러면 자선에 필요한 돈은 신이 가져가시고 제게 주시는 돈은 모두 땅으로 떨어집니다."

피터는 빌린 돈을 잘 갚지 않는 버릇이 있었다. 직장 근처에 백부가 경영하는 주유소가 있었다. 주말을 앞두고 돈이 떨어지자 그는 백부에게 가서 부탁했다.

"데이트 자금이 부족합니다. 20달러만 꿔 주시지 않겠습니까?"

백부는 즉석에서 10달러를 건네주었다.

"월급을 타면 바로 돌려 드리겠습니다. 10달러만 더 꿔 주시면
안 되겠습니까?"

조카의 부탁을 백부는 단번에 거절했다.

"내가 너에게 10달러를 빌려 주면 나는 10달러를 손해 본다. 그
러니 너도 10달러를 손해 봐야 한다. 그래야 공평하지 않겠니?"

야곱은 친구에게서 돈을 빌렸다. 돈을 갚기로 한 날이 하루 앞으
로 다가왔으나 갚을 돈이 없었다. 고민에 빠진 야곱은 잠을 이루지
못하고 침대 주위를 서성거렸다. 야곱의 모습을 지켜보던 아내가
말했다.

"당신은 참 멍청하군요. 당신이 만약 내일 돈을 갚을 수 없다면,
걱정스러워서 잠을 못 이룰 사람은 당신이 아니라 친구가 아닌가
요?"

*

유머는 유대민족이 매우 중요하게 여겨온 덕목이다. 유대인이
모이는 곳에서는 항상 유머가 오간다. 그래서 고대부터 유대인을
'웃음의 민족'이라고 불렀다. 하느님을 진지하게 섬기고 성실하게
공부하는 '성서의 민족', '책의 민족'이 어떻게 유머의 민족이 되

었는지 고개를 갸우뚱거릴 사람이 있을지 모르겠다. 그러나 성실함과 웃음은 대립하는 말이 아니다. 유머는 지식과 지성을 계발하는 자극제가 되고, 역경을 뛰어넘는 덕목이 된다. 이렇듯 유대인은 웃음으로 지성을 연마했다. 그래서 유대인은 유머를 지성의 학습장이라고 한다. 유머를 히브리어로 '호프마'라고 하는데 이는 '예지'를 뜻한다. 여기서 유머에 대한 유대인의 태도가 드러난다. 예지와 유머를 같은 개념으로 생각하는 민족은 유대인이 유일할 것이다. 로스차일드 그룹 창업자 나산 마이어 로스차일드와 천재 물리학자 아인슈타인, 정신분석학 창시자 프로이트도 유능한 코미디언이었다. 그들은 언제나 재미있는 유머로 사람들을 즐겁게 했다. 그뿐만 아니라 유대인 천재들은 너나할 것 없이 유머를 사랑했다. 이렇듯 유대인의 두뇌는 유머로 단련됐다고 해도 과언이 아니다. 웃음은 이처럼 유대인의 성공비결이었다. 딱딱한 수업 시간이나 회사, 심지어 목숨이 오가는 전쟁터에서도 유머는 인간의 삶을 따뜻하게 해준다. 성공해서 웃은 게 아니라 웃어서 성공했다는 '유머 리더십'도 잊지 말자.

타협

'문설주'는 히브리어로 '메즈사'라고 부른다. 지금도 유대인의 집에는 '메즈사' 위에 새끼손가락 정도 크기의 작은 상자가 붙어 있는데 거기엔 탈무드 제6장 4절부터 9절까지의 글이 적혀져 있다. 이 종이는 항상 45도 각도로 비스듬히 붙어 있다. 왜 그렇게 돼 있을까? 어떤 사람은 수직으로 달아 놓으라고, 또 어떤 사람은 수평으로 달아 놓으라고 주장하는 탓에 결국 타협 끝에 그렇게 붙인 것이다. 이는 유대인에게 타협 정신이 얼마나 중요한가를 보여 주는 작은 사례 중 하나다.

지혜로운
아내

랍비 아키바는 너무 가난해서 마흔이 되도록 책 한 권도 읽지 못했다. 그는 부자 사프야의 딸과 결혼했는데 그녀는 매우 지혜로운 사람이었다. 어느 날 부인이 그에게 예루살렘으로 가서 공부할 것을 권했다. 그러자 아키바가 대답했다.

"내 나이가 벌써 마흔이요. 이 나이에 무엇을 이룰 수 있겠소? 남들이 다 웃을 거요."

"그렇지 않다는 걸 제가 증명해 보일 게요. 지금 저한테 등에 상처가 나 있는 나귀 한 마리만 구해다 주세요."

아키바는 부인의 요청대로 나귀를 구해 왔다. 아내는 나귀의 상처에 약초를 발라 치료해 주었는데 그 모습이 매우 우스꽝스럽게 보였다.

첫째 날 그들이 나귀를 끌고 장터에 갔더니 보는 사람마다 큰 소리로 웃어댔다. 둘째 날도 마찬가지였다. 그러나 셋째 날에는 그들을 보고 웃는 사람이 한 명도 없었다. 아내가 아키바에게 말했다.

"이제 그만 가서 공부하세요. 오늘은 분명히 사람들이 비웃겠지만 내일은 그렇지 않을 거예요. 그리고 그다음 날이 되면 그들은 당신의 의지를 매우 높이 평가할 거예요."

엘리야(Elijah)
하느님과 교감하면서 왕과 백성들을 지도하는 역할을 한 선지자. 왕과 백성들과 충돌이 우려되는 상황에서도 야훼의 대변인 역할을 했다.

여자의
질투심

　　서로 친구지간인 남자들이 아내들의 질투심에 대해 이야기하고 있었다. 문득 한 남자가 물었다.

　"이브도 아담에게 질투를 느꼈을까?"

　오랫동안 진지한 토론이 계속되는 가운데 결론이 나왔다.

　"이브 역시 질투를 느꼈을 것이다. 질투가 따르지 않는 사랑은 있을 수 없으며, 질투하지 않는 여자도 있을 리 없으니까. 이브는 아담이 돌아오면 언제나 그의 갈빗대를 세어 보았을 것이다."

이웃
사랑

'원수를 원수로 갚지 말고 이웃을 내 몸같이 사랑하라.'

많은 사람들은 이 말에 대해 다음과 같은 질문을 한다.

"하느님을 사랑하는 일보다 어째서 인간을 사랑하는 일이 중요할까?"

종교적 행사에는 적극적으로 참여하고 협력하면서 가족 사랑에는 소극적인 사람이 많다. 이에 대해 유대인은 이렇게 생각한다.

종교적인 행사에 참여하는 것보다, 이웃이나 어려운 형편에 처한 사람들을 사랑하는 것이 보다 더 중요하다.

좋은 품성을
기르는 법

　　　　　　　인간 세상의 왕은 자신이 만든 법
을 지키고 싶으면 지키고, 그리고 싶지 않으면 다른 사람들에게 지
키라고 명령하면 된다. 그러나 사랑이신 하느님은 법을 만드신 뒤
솔선수범하여 법을 지키신다.

　공부에 흥미가 없는 제자가 아키바를 찾아와서 말했다.
　"토라의 내용 전부를 짧게 요약해 줄 수 있나요?"
　아키바가 대답했다.
　"아들아, 우리의 스승 모세는 시나이 산에서 40일을 밤낮으로 기
도해서 토라를 배웠다. 그런데 너는 한 번에 그것을 다 배우려고 하
는구나. 그러나 토라의 기본 원칙은 내가 하기 싫어하는 것을 남에
게 시키지 말라는 것이다. 다른 사람이 네게 피해를 주는 것을 원치

않는다면 너도 다른 사람에게 피해를 주지 말아야 한다."

남으로부터 저주를 받을지라도 남을 저주하지 말라.

자기를 높이는 자는 낮아지고, 자기를 낮추는 자는 높아진다. 겸손한 자는 하느님이 함께하며, 교만한 자는 미움을 받을 것이다.

태도나 행동이 오만한 자는 자신보다 부족해 보이는 사람을 노골적으로 무시하곤 한다. 마치 자신이 최고라는 듯 안하무인격 행동을 취하기도 한다. 그래서 하느님은 이런 자들로 인해 가슴 아파하신다. 인간의 품성과 하느님의 품성은 다르기 때문이다. 사람의 경우, 지위가 높은 자는 똑같은 위치에 놓인 자들을 중시하나 그렇지 않은 자들을 무시하는 경향이 많다. 하지만 그분은 다르다. 그분은 높은 곳에 계시지만 비천한 사람들까지 소중히 여기시고 두루 살피신다. 그러나 오만한 자에게는 천당에 들어가지 못할 거라고 경고하신다. 오만한 자들 중에서도 특별히 경고를 받아야 할 자들이 있다. 바로 자신의 학문을 자랑하고 싶어 안달복달하는 이들이다. 학문은 최고 가치를 지닌 것으로 학자들은 사람들로부터 최고의 명예와 존경을 받는다. 그러므로 그들은 쉽게 자고자대(自高自大)하는 유혹에 빠지게 된다. 겸손이야말로 가장 소중한 가치이자

리더십인데도 말이다.

자선 행위는 그 어떤 제물을 바치는 것보다 위대하다. 거지가 당신의 집 문 앞에서 떨며 서 있을 때 하느님은 그와 함께 계신다. 가난한 사람을 돕는 행위는 어떤 어려운 사람을 돕는 일보다 더 위대하다. 그러나 보다 더 위대한 사람은 가난한 자들을 위한 사업을 펼치는 사람이다. 예를 들면, 자활과 갱생을 위한 직업훈련원 등을 설립하거나 그들을 위한 일자리를 만들어 고용을 창출하는 것이다. 공공장소나 눈에 보이는 곳에서 자선을 베푸는 일은 아무 것도 하지 않는 경우보다 낫다. 하지만 남을 돕는 더 좋은 방법은 '기부하는 자가 누구인지 모르게, 특히 기부 받는 자도 누가 기부했는지 모르게, 즉 왼손이 하는 일을 오른손이 모르게 하는 것이다.

장례 절차나 결혼식을 돕는 일이라면 토라 연구를 잠시 중단해도 된다. 망자의 가족을 위로하거나 신혼부부를 축하해 주는 행위는 하느님을 보여 줄 수 있는 일 중 하나이기 때문이다.

재물을 사재기하여 쌓아두는 자, 고리대금업자, 무게를 속여 파는 자, 그리고 시장 질서를 교란하는 자는 절대 용서받지 못할 것이다.

황도(黃道)
베이트 알파에 있는 유대 회당. 상감 기법의 모자이크 그림의 일부. 서기 6세기(비잔틴 시대) 작품.

당신이 조금이라도 지인들과 소원해 졌다면 무엇보다 먼저 관계 개선을 위해 노력해야 한다. 그들을 위해 기도하고 티내지 않게 사랑을 베풀고, 그들이 당신에게 보여준 사랑에 대해 감사해야 한다. 그럼에도 당신을 미덥지 않게 대한다면 마음에 담지 말고 속으로 넘겨 버려라.

부자란 누구인가? 자신이 가지고 있는 재산, 가족, 일 등에 대해 감사해하고 나눌 줄 아는 사람이다. 그리고 가난한 이웃에게 물질뿐만 아니라 마음까지 베푸는 사람 또한 부자다. 욕심이 너무 없는 것도, 지나친 쾌락을 추구하는 것도 바람직하지 않다. 그렇다고 억지로 향락과 물질적 즐거움을 즐기는 것 역시 올바르지 않다. 전능하신 하느님 앞에서는 부자도 가난한 자도 없기 때문이다. 오직 사랑만이 존재할 따름이다.

술에 취하면 이성이 마비되고 지혜가 무뎌져 비밀이 풍선에 바람 빠지듯 슬며시 새어 나간다. 또 여자가 술에 취하면 여성성이 사라지며, 풍기를 문란하게 하고, 정신을 잃고 염치를 모르게 만든다. 그리하여 자신과 가족과 공동체 모두를 망하게 한다.

하느님이 우리에게 토라를 보내지 않았다면 인간은 고양이에게 겸손을, 개미에게 성실함을, 비둘기에게 정결을, 수탉에게 우아함을 배워야 했을 것이다.

6
사회생활

쉽게 화내고 쉽게 풀리는 사람,

이들이 잃는 것은 얻는 것과 비슷하다.

쉽게 화내지 않고 잘 풀리지도 않는 사람,

이들이 얻는 것은 잃는 것과 비슷하다.

쉽게 화내지 않고

쉽게 풀리는 사람은 성인이다.

쉽게 화내고 쉽게 풀리지 않는 사람은

악인이다.

아기냐
산모냐

           어느 유대인 산모가 심한 난산으로 위독하게 되자, 나는 그녀 남편의 부름을 받고 한밤중에 병원으로 달려갔다. 산모는 출혈이 심해 몹시 괴로워하고 있었다. 의사가 와서 산모는 살지 못할 것이라고 했다. 내가 배 속 아기의 상태를 묻자 의사는 잘 알 수 없다고 했다. 결국 산모와 아기 중 누구를 살려야 하는가를 결정해야 하는 심각한 선택의 기로에 서게 되었다. 이 부부는 첫 아기인 만큼 몹시 안타까워하고 있었다. 산모는 자신이 죽더라도 아기만은 살리고 싶어 했다. 여러 가지 의논한 결과 나에게 결정권이 주어졌다. 우선 나는 내가 내리는 결정은 나 개인의 결정이 아니라 탈무드와 유대인의 오랜 전통에 따른 결정이므로 이를 따르겠느냐고 물었다. 부부는 유대인의 전통이라면 따르겠다고 동의했다. 나는 곧 산모를 살리고 아기를 포기하라고 말했다. 그러자 산모는 그것은 살인 행위라며 반대했다. 유대 전통에 의하면 태어나기 전의 아기는 생명이 없는 것이다. 태아는 산모의 일부에 지나지 않은 것이다. 목숨을 구하기 위해서는 신체의 일부분, 예를 들면 팔이나 다리를 잘라내는 일도 있다. 유대 전통에서는 이러한 경우 반드시 어머니의 생명을 구하도록 되어 있다.

그 자리에는 가톨릭 사제도 있었는데 그는 아기를 구하고 산모를 희생시켜야 한다고 했다. 가톨릭에서는 수태가 되면 새 생명이 주어진 것으로 여긴다. 그러므로 가톨릭 측은 산모는 이미 세례를 받아 구원받았지만 배 속의 태아는 아직 세례를 받지 못해 구원을 받을 수 없다고 한다. 그러나 부부는 내 결정에 따랐으므로 산모는 생명을 구했고, 그 뒤 얼마 후 귀여운 아이가 태어났다.

혼자 사느냐
함께 사느냐

두 사람이 사막을 여행하는데 그 가운데 한 사람의 물병에만 물이 차 있었다. 두 사람이 똑같이 나눠 마시면 둘 다 죽을 것이고, 한 사람이 그 물을 모두 다 마신다면 그는 살 수 있었다.

이에 대해 바빌론의 랍비 벤 페트라는 이렇게 말했다.

"둘이 함께 나눠 마시든 한 사람만 마시든 결국 사막에서 죽게 되는 것은 자명한 일이다. 그러므로 하느님의 자비에 의탁하면서 둘이 똑같이 나눠 마셔야 한다."

그러나 랍비 아키바는 이렇게 주장했다.

"둘이 물을 함께 나눠 마시고 죽는 것보다 한 사람이라도 살아남는 것이 더 중요하다."

유대의 전통에 따르면 생명을 앗아가는 모든 행위는 죄가 된다. 설사 이런 행위가 사랑과 자비라는 순수한 감정에서 비롯된 것일지라도, 이로 인해 자기 자신이 죽더라도 죄가 된다는 것이다. 위와 같은 상황에서는 두 사람 중 한 사람은 살 수는 있다. 그러나 누구를 살려야 하는가? 자기 자신을 구할 능력이 있는 사람을 살려야한다. 사람은 누구나 자신의 생명을 보호해야 한다. 자신의 생명을 보호할 책임이 그 무엇보다 앞서기 때문이다. 랍비 아키바가 주장하는 대로 한 사람이 물을 마시고 목숨을 건졌다고 해서 두 사람이 함께 살아남지 말아야 한다는 의미는 아니다. 일반적으로 이런 상황에서는 물병을 가진 자가 먼저 물을 마시게 된다. 아키바는 만약물을 가진 자가 상대에게 먼저 물을 준다면 이는 대단한 사랑의 행위라고 보았던 것이다. 벤 페트라도 두 사람 중 한 사람이 상대에게 물병을 줘서 친구의 목숨을 구하는 행위를 반대하지 않았다. 그래서 아키바는 여전히 한 사람을 살릴 수 있다면 두 사람이 함께 죽는 일은 옳지 않다고 보았던 것이다.

한 사람이 랍비 라와를 찾아가 말했다.

"저희 마을 촌장님이 저에게 사람을 죽이라고 하셨습니다. 그 자를 죽이지 않으면 저를 죽이겠다고 합니다. 저는 어떻게 해야 할까요?"

라와가 대답했다.

"그가 너를 죽이더라도 너는 사람을 죽여서는 안 된다. 네 생명이 그 사람의 생명보다 더 중요한지 어떻게 알겠느냐? 그의 생명이 너의 생명보다 더 중요할지도 모른다."

건축무늬 장식의 유골
예루살렘의 스코푸스
기원전 1세기.

불에 탄
탈무드

어느 날 로마인들이 요하난의 탈무드를 비롯한 경전을 빼앗아 불속에 던져 버렸다. 요하난은 다행히 목숨을 건졌으나 탈무드 두루마리는 불에 타 연기로 사라졌다. 로마인 대장이 비웃으며 물었다.

"지금 무엇이 보이느냐?"

"탈무드는 불에 타서 재가 돼 버렸소이다. 하지만 그 말씀은 내 머릿속에 그대로 남아 있소. 그리고 내게 영혼을 불어넣으신 하느님이 나를 천당으로 데려살 것이오. 어느 누구도 내 몸을 어쩌지 못할 것이외다."

희생
정신

나는 예전에 한 장군을 만났다. 그는 제2차 대전 중에도 그리고 전쟁이 끝났을 때도 팔레스티나에 파견돼 있었다. 나는 1948년에 일어났던 이스라엘과 아랍제국과의 전쟁에서 어떤 결과가 예상되느냐고 물었다. 그러자 장군은 "예루살렘의 지사도 같은 질문을 한 적이 있었는데 선생도 똑같은 질문을 하시네요."라며 아래와 같은 이야기를 들려주었다.

아랍에는 유대인과 아랍인의 인구 비율은 아랍인 한 사람에 유대인이 40명이다. 거기까지 말했을 때, 예루살렘 지사는 그건 거짓말이라고 잘라 말했다. 지사의 말은, 인구 비율로는 100배나 되는 아랍인이 있지 않느냐는 지적이었다.

장군은 말했다.

"전쟁이란 것은, 절대 인구 비율로 따지면 안 됩니다. 그 까닭은 조국을 위해 목숨을 바치려는 아랍인은 한 사람인데 비해 조국을 위해 목숨을 바칠 유대인은 수십 명입니다. 이렇듯 희생정신이 강한 유대인은 전쟁에서 반드시 승리할 것입니다."

탈무드는 하인이나 노예에게도 주인이 먹는 것과 똑같은 음식을 먹게 해야 한다고 가르친다. 예를 들면 주인이 안락의자에 앉으면 하인에게도 안락의자를 내어주라는 식이다. 지위가 높은 사람이라고 해서 높은 자리에 앉는 것은 올바르지 않다는 것이다.

내가 이스라엘 전선에 갔을 때 부대장의 초대를 받아 식사를 같이 한 적이 있었다. 그때 당번 사병이 맥주를 날라 왔다.

부대장이 그 사병에게 물었다.

"병사들이 마실 것도 있는가?"

"아닙니다. 오늘은 맥주가 부족해서 여기만 가져왔습니다."

그러자 부대장이 이렇게 말했다.

"그렇다면 오늘은 우리도 마시지 않기로 하지."

이것이 바로 유대인의 전통적인 사고방식이다.

순교자

일곱 형제가 어머니와 함께 자기 집에서 체포됐다. 왕은 가죽 채찍으로 그들을 때리면서 법으로 금지된 돼지고기를 먹으라고 했다.

맏이가 부르짖었다.

"무엇 때문에 죄 없는 우리를 고문하는 것이오! 우리는 조상들의 가르침을 어기느니 차라리 죽음을 택하겠소."

왕은 크게 화가 나서 가마솥에 물을 채우고 불을 피우라고 명령했다. 그러고는 맏이의 혀를 잘랐다. 이어 그의 어머니와 여섯 동생이 보는 앞에서 머리 가죽을 벗기고 사지를 절단한 다음 펄펄 끓는 가마솥에 집어넣었다. 그러자 솥에서 연기가 뿜어져 나오더니 사방으로 퍼져 나갔다. 그때 어머니는 여섯 명의 아들에게 의연하게 말했다.

"아들들아, 우리 모두 웃으며 죽음을 받아들이자꾸나. 하느님께서 우리를 지켜보고 계신다."

맏이가 처참하게 죽자 둘째도 똑같은 고문을 당했다. 셋째도 마찬가지였다. 이어 넷째, 다섯째, 여섯째까지 모두 똑같은 방식으로 고문을 받고 처형되었다. 그들의 어머니는 단 하루 사이에 여섯 명의 아들의 죽음을 지켜보면서도 하느님에 대한 믿음으로 이 모든 고통을 의연히 받아들였다. 그녀는 아들들이 차례대로 죽임을 당할 때에도 아들 하나하나를 격려했다.

이제 형제 중 남은 아들은 막내뿐이었다. 왕은 막내아들을 심문하던 중 만약 그가 조상들의 전통을 포기한다면 큰 부자가 되게 해주겠다고 유혹했다. 그렇지만 막내도 왕의 이야기에 꿈쩍도 하지 않았다. 왕은 그의 의연한 모습을 보고는 어머니를 불러 막내아들을 설득하라고 요구했다. 어머니는 막내에게 다가가 그들의 언어로 말했다.

"아들아, 너를 보니 내 마음이 몹시 아프다. 아홉 달 동안 내 배 속에 품고 다녔고 3년간 내 젖을 먹여가며 지금까지 키워 왔는데 이런 상황이 오고야 말았구나. 막내야, 하늘과 땅을 살펴보렴. 그리고 천지의 만물을 바라보면 모두 하찮아 보이지 않니? 인간도 마찬가지다. 저 무정한 임금님을 두려워하지 말고 의연하게 죽음을 받아들여라. 그리하여 너와 네 형들의 죽음이 가치 있는 죽음임을 증명하여라. 그러면 하느님께서 우리를 불쌍히 여기시어 다시 만나게 해 주실 거다.

어머니가 말을 마치자 막내는 큰소리로 왕에게 말했다.

"무엇을 기다리는 게냐? 나는 왕의 명령에 절대 따르지 않을 것이며 모세가 내 조상들한테 주신 법을 따를 것이다."

왕은 화가 머리끝까지 치솟아 막내를 다른 형제들보다 훨씬 더 잔혹하게 죽이라는 명령을 내렸다. 막내아들의 뒤를 이어 어머니도 처형되었다.

랍비 아키바가 사형장에 와서 기도를 올리자 제자들이 물었다.

"이런 순간에도 기도문을 읊으시는 겁니까?"

"나는 항상 '마음을 다하고 목숨을 다하여 한 분이신 하느님을 사랑하라.' 는 말을 되새기며 살았다. 심지어 하느님이 나를 데려가실 때에도 그래야 한다고 생각했다. 그리고 지금 기회가 왔는데 어찌 행하지 않겠느냐?"

환경과
사회

동물의 사체, 무덤과 가죽 공장은 악취를 풍기기 때문에 마을에서 멀리 떨어진 곳에 둬야 한다. 단 가죽 공장은 마을의 동쪽에 둬야 한다. 왜냐하면 동풍은 악취가 마을로 들어오는 것을 차단해 주기 때문이다.

고대 예루살렘에서는 열 가지 특별법을 제정했다. 성안에서 퇴비사용 금지, 도자기 가마 설치 불가, 새로운 화원이나 과수원 설치 금지, 닭을 비롯한 가금류 키우지 않기, 죽은 자는 성안에서 밤을 보낼 수 없기 등….

성안에 퇴비를 사용하는 것을 금지하는 것은 그 속에서 번식하는 뱀을 막기 위해서다. 그리고 숯이나, 질그릇, 기와, 벽돌 등을 굽는 가마 설치를 금지하는 이유는 미세먼지가 너무 많이 발생하기 때문이다. 또 과수원을 가꾸지 못하게 하는 것은 비료나 화초 그리고

사회생활

열매가 썩으면서 심한 악취를 풍기기 때문이다.

마카베오 가(Maccabees) 순교자
셀류시드 왕조(Seleucids)의 안티오코스 에피파네스(Antiochus Epiphanes, '현현顯現' 혹은 '신의 현현')가 강제로 유대교를 그리스의 종교에 동화시키려고 하자 유대인들이 저항에 나섰다. 일부는 반란을 일으켰다. 그들은 안식일에 셀류시드 군대와 접전하게 되자 저항을 포기하고 모두 죽임을 당했다.

노력이
필요해

　　　　　유대인들은 탈무드를 '바다'라고
부른다. 바다는 끝없이 넓고 커서 모든 것이 다 그 안에 담겨져 있
고, 또한 그 속에는 무엇이 있는지조차 알 수 없기 때문이다. 그러
나 탈무드가 이처럼 광범위한 내용을 다룬 방대한 것이라 하여 미
리 겁먹을 필요는 없다.

　두 남자는 오랫동안 여행을 해서 몹시 배가 고픈 상태였다. 그런
데 그들이 어떤 방에 들어가니, 맛있는 과일이 바구니에 담겨 천장
에 매달려 있었다. 이것을 본 한 남자가 말했다.

　"저 과일을 먹고 싶지만 너무 높은 곳에 있어 꺼낼 수가 없구나."

　그러나 또 다른 남자는 이렇게 말했다.

　"너무 맛있게 보이는구나. 난 저 과일을 꼭 먹고야 말겠다. 아무

리 높은 곳에 있다 해도 누군가가 저기에다 매달아 놓은 것이 아니 겠는가. 그러니 나라고 해서 저 위에 올라가지 못할 이유가 없지 않은가."

그리하여 그는 어디에선가 사다리를 가져와 한 걸음, 한 걸음 딛 고 올라가 과일을 꺼내 먹었다.

탈무드가 아무리 훌륭하고 내용이 심오한 것이라고 할지라도 이 역시 사람이 만든 것이다. 그러므로 사람이 만들어 낸 것을 자신의 것으로 만들지 못할 이유가 없다. 다만 사다리를 밟고 한 걸음, 한 걸음 올라가듯이 쉬지 않고 노력해야 한다는 것이 중요하다.

위선자

　　　　　　　　재물의 유혹에 넘어가지 않기란 얼마나 어려운 일인가. 가게 주인이 정직하기란 또 얼마나 힘든 일인가. 험준한 등산로에 쇠말뚝이 깊이 박혀 있듯이 인간관계에도 불신은 뿌리 깊이 박혀 있다. 이렇듯 소비자에 대한 신뢰나 존경심이 결여된 기업은 곧 무너지게 된다. 그러나 하느님께 의탁하며 영업을 하는 자는 축복받는다.

　우리의 조상들은 이렇게 적고 있다.

　"공공연히 악을 퍼뜨리는 자는 경계할 필요가 없다. 경건한 사람도 경계할 필요가 없다. 물론 그가 매우 성실한 사람이라면 말이다. 그러나 거짓으로 정직한 체하며 접근하는 자는 반드시 막아야 한다. 이런 자들은 대중이 모인 곳에서 자주 기도문에 입을 맞추고, 하느님을 찬미하는 기도를 드린다. 하지만 돈과 관련된 일에서는

사회생활

매우 인색하며 언행이 바뀐다. 어떤 사람들은 앞에서 이야기한 자들이 하느님에 대한 존경심이 남달리 극진하니 경건한 사람들이라고 생각한다. 그러나 대부분의 사람들은 이런 자들의 실체를 알고 나면 어울리려고 하지 않는다. 경건하다는 것은 돈에 대한 태도로 결정된다. 돈에 관련된 문제에서 깨끗한 사람이야말로 정말 경건한 자라고 할 수 있다."

착한
사마리아 사람

어떤 랍비가 나무장사로 생계를 이어가고 있었다. 그는 산에서 나무를 해 마을에 가져다 팔았다. 그는 나무를 팔기 위해 오가는 시간을 단축하여 탈무드를 공부할 생각으로 당나귀를 사기로 마음먹었다. 그래서 마을의 아랍인으로부터 당나귀를 샀다. 제자들은 스승이 당나귀를 산 것을 기뻐하며 냇가에서 당나귀를 씻겨 주었다. 그러자 당나귀 목에서 다이아몬드 하나가 나왔다. 제자들은 크게 기뻐했다. 스승이 가난에서 벗어나 자신들을 가르칠 시간이 많아지겠다며 좋아했다.

그러나 랍비는 아랍인에게서 얻은 다이아몬드를 되돌려주라고 제자들에게 명했다. 그러자 한 제자가 물었다.

"선생님께서 사신 당나귀가 아닙니까?"

"나는 당나귀를 산 것이지 다이아몬드를 산 것이 아니다. 나는 내가 산 것만 가지면 되는 거야."

랍비는 이렇게 대답하고는 다이아몬드를 원래 주인에게 돌려주었다.

그러자 아랍인이 물었다.

"당신은 이 당나귀를 샀고 보석은 거기에서 나왔는데, 어째서 내게 돌려 주는 것이오?"

랍비가 대답했다.

"유대인은 누구나 돈을 내고 산 물건 외에 더 가져서는 안 됩니다. 그런 연유로 돌려 드리는 것입니다."

랍비가 아침 기도를 드리고 있을 때 어떤 사람이 찾아와 당나귀를 사려고 했다. 그러나 랍비는 기도를 중단할 수 없어 대답을 하지 않았다. 손님은 랍비의 침묵이 가격이 맞지 않아서 그렇다고 짐작하며 값을 올려 불렀다. 그런데 랍비가 여전히 아무런 대답도 하지 않자 그는 값을 더 높였다. 바로 그때 기도를 마친 랍비가 손님에게 이렇게 말했다.

"저는 손님이 처음 부른 가격에 당나귀를 팔기로 결정했습니다. 좀 전에는 기도 중이라 대답을 하지 못했습니다. 그러니 처음 가격으로 가져가세요."

계량

탈무드 시대부터 계량을 맡아 감독하는 관리들이 있었다. 여름과 겨울에는 토지의 크기를 재는 끈도 각기 다른 것을 사용하게 했다. 날씨에 따라 끈이 줄어들기도 하고 늘어나기도 하기 때문이다. 또 액체로 된 물건을 팔 경우, 계량하는 그릇 밑에 찌꺼기가 남아 있으면 안 되기 때문에 그릇 속을 깨끗이 하도록 엄중히 감독했다.

물건에 따라 다르지만 물건을 산 뒤에 구매자는 하루 또는 1주일 동안 주변 사람들에게 보이고 의견을 청취할 수 있는 권리가 있었다. 그것은 구매자가 자신이 구입한 물건에 대해 내용을 모르고 샀을 경우 그것을 바르게 판단할 수 없기 때문이다.

탈무드 시대에는 어떠한 물품이든 일정한 가격이 정해져 있지 않았다. 오늘날에는 어느 회사 자동차 가격이 어느 정도라는 것도 대략 정해져 있지만, 옛날에는 파는 쪽에서 마음대로 가격을 정해 팔았다. 그러나 상식적인 가격보다도 6분의 1 이상 더 비싸게 구매했을 경우 그 거래는 무효가 된다는 것이 탈무드의 판단이다.

또 판매자가 물건의 계량을 잘못했을 때 물건을 사는 구매자는 올바른 계량을 요구할 권리가 있었다. 판매자를 보호하기 위한 방법으로는, 물건을 사려는 의사가 없으면서 흥정만 해서는 안 된다. 또 다른 사람이 먼저 물건을 사겠다는 의사를 밝힌 것을 중간에서 가로채어 사는 것도 금지하고 있다.

그리고 판매자가 계량을 잘못했을 경우, 올바른 계량을 요구할 권리가 사는 쪽에 있었다. 파는 사람을 보호하기 위해서는 사는 쪽이 사려는 의사가 없으면서 상담을 해서는 안 된다. 또 다른 사람이 이미 의사를 표명한 물건을 사서는 안 된다는 등의 규정이 정해져 있었다.

마음의
역할

인간의 육체는 마음에 의해 좌우된다. 마음은 보고, 듣고, 걷고, 서고, 굳어지고, 부드러워지고, 기뻐하고, 슬퍼하고, 화내고, 무서워하고, 거만해지고, 설득되고, 증오하고, 사랑하고, 질투하고, 부러워하고, 사색하고, 반성한다.

그렇기 때문에 세상에서 가장 강한 인간은 자신의 마음을 스스로 조절할 수 있는 인간이다.

사회생활

단장의
고통

"어미 새와 새끼를 모두 취하지 말라."는 말씀은 종의 멸종을 막기 위한 계율이다. 비록 특정 동물에 대해 종교적인 도살이 허용됐다고 해도 함부로 이 계율을 위반해서는 안 된다. 같은 날에 어미와 새끼를 함께 죽이거나 자유롭게 날아다니는 새를 잡는 행위는 종을 멸종시키는 행위로 간주된다. 같은 시간 새끼와 어미를 함께 죽이는 것을 금지한다는 계율은 어미가 눈앞에서 새끼의 죽음을 보지 못하도록 하기 위해서다. 어미가 눈앞에서 새끼의 죽음을 보게 되면 어미는 이루 형용할 수 없는 엄청난 고통을 느낀다. 새끼에 대한 어미의 사랑은 본능에 속하기 때문이다. 동물도 인간과 같은 본능을 가지고 있으며 새끼의 죽음 앞에서 어미가 느끼는 고통은 인간의 그것과 조금도 다르지 않다. 그래서 새끼를 잡을 때 어미는 풀어 주라는 율법은 다음과 같은 의미를 함축하고 있다. 가축이나 새에게조차 고통을 주어서는 안 된다는 이유는 인간 또는 그 배우자에게도 그와 같은 고통을 주지 말라는 경고성 메시지를 담은 것이다.

　이러한 단장의 고통은 범죄를 저지른 경우라도 여간해서는 부모와 자식을 동시에 구속하지 않는 것을 원칙으로 삼게 한다.

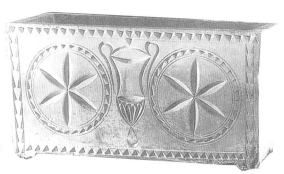

제2성전 시기
(Second
Temple
Period)의
꽃무늬 석관.
예루살렘, 서기
1세기.

노동의
조건

노동은 인간이라면 반드시 해야 할 의무이자 축복이다. 노동은 인간의 생존을 위해 그리고 사회를 유지하고 발전시키기 위해 반드시 필요한 것이다. 가장 바람직한 노동은 탈무드 연구를 세속의 직업과 융합하는 일이다. 두 가지 노동을 통해서 우리 인간은 원죄의 사함을 받을 수 있다. 그러나 탈무드에 대한 연구만 하고 노동을 하지 않는다면 아무것도 이루지 못한 것일 뿐만 아니라 죄까지 짓는 것이다.

아침저녁으로 율법을 공부하고 낮에는 성실히 일을 하는 자는 탈무드의 가르침을 따르는 자와 같다.

일하기 싫은 자는 먹어서도 안 된다.

악마가 인간을 찾아다니기 바쁠 때에는 술을 보내 유혹한다.

남들의 자선에 의해 살아가는 것보다는 가난하게 생활하는 편이 더 낫다.

아버지는 아들에게 기술을 가르쳐야 할 의무가 있다. 아들에게 기술을 가르치지 않는 것은 아들을 도둑으로 키우는 것이나 마찬가지다. 기술이 있는 사람은 담장으로 둘러싸인 포도밭을 가지고 있는 것과 같다. 이러한 포도밭은 가축이나 야생동물이 들어올 수 없을 뿐만 아니라 행인들도 함부로 들어와 포도를 따 먹지 못한다. 반면 기술이 없는 사람은 담장이 무너진 포도밭을 가지고 있는 것과 같다. 담장이 없는 포도밭은 가축이나 야생동물이 아무 때나 드나들고, 행인들도 아무 때나 들어와 포도를 따 먹는다. 낮에 일하는 사람은 저녁에 임금을 받고, 저녁에 일하는 사람은 다음날 낮에 임금을 받는다. 시간제로 일하는 사람은 하루치씩 임금을 받는다. 일주일, 한 달 또는 일 년을 주기로 일하는 사람은 그 기간이 끝난 뒤 임금을 받는다. 임금을 체불하는 고용인은 살인자와 다름없다.

밤에 일한 사람은 낮에 일을 해서는 안 된다. 하루 종일 일해서 피곤해지면 정작 해야 하는 일에 실수가 생기게 마련이다. 일할 때 고용주의 지시사항을 잘 따르지 않는 사람은 도둑과 같다. 그리고 누군가 당신에게 "일을 했지만 아무런 결과도 얻지 못했다."고 한다면 그를 믿지 마라. 누군가 당신에게 "아무것도 하지 않았지만 좋은 결과를 얻었다."고 해도 그를 믿지 마라. 누군가 당신에게 "일을 해서 좋은 성과를 거뒀다."고 한다면 그를 믿어라.

엘리야

서기 13세기에 그려진 이 그림은 예언자 엘리야의 일생을 담고 있다. 아하시야 (Ahaziah) 왕은 엘리야를 침묵시키려고 갖은 방법을 다 동원했으나 헛수고였다. 엘리야를 죽이려고 첫 번째로 파견된 병사들은 불에 타 죽었고 두 번째로 파견된 병사들은 엘리야를 불쌍히 여겼기 때문에 용서받았다.

노동의
결실

       어느 날 하드리아노 황제가 신하들과 거리를 걷고 있었다. 그런데 그곳에서 무화과나무를 심고 있던 백발노인에게 언제 열매를 먹을 수 있겠느냐고 물었다. 노인은 만약 자신이 열매가 열릴 때까지 살지 못한다면, 자식들이 먹을 수 있을 거라고 대답했다. 그러자 황제가 말했다.

"운이 좋아 무화과 열매를 먹을 수 있게 된다면 즉각 내게 알려주시오."

시간이 흘러 어느덧 열매가 열렸다. 노인은 바구니에 열매를 한 광주리 가득 담아 황제를 찾아갔다. 노인이 말했다.

"저는 예전에 폐하를 뵈었던 무화과나무 심던 노인입니다. 나무에 열매가 달리자 곧바로 가져왔습니다."

황제는 나이 든 노인이 심은 나무가 그의 노동으로 훌륭한 결실을 맺게 된 것에 크게 감동했다. 그는 노인을 황금 의자에 앉히고 열매를 담아 왔던 광주리에 황금을 가득 채워 주었다. 그러자 신하들이 왕에게 말했다. "폐하께서는 어찌하여 저 노인에게 이렇게 큰 영광을 안겨 주십니까?"

"이는 조물주가 그에게 주시는 선물이다. 내가 어찌 그렇게 하지 않을 수 있겠느냐?"

게으른 자여, 부지런히 일하는 개미를 보아라. 그들이 어떻게 일하는지 생각해 보아라. 개미는 감독하는 이가 없어도 열심히 일한다. 그들은 여름에 실컷 먹고, 수확의 계절에는 음식을 저장한다. 게으른 자여, 아직 얼마나 더 자려는가? 언제 꿈속에서 깨어날 텐가? 적게 자고 적게 먹어라. 너의 팔을 굽히지 마라. 그리하면 가난은 빠르게 지나갈 것이며 너의 소망은 곧 이루어질 것이다.

샤마쉬(Shamash)

샤마쉬(태양신). 아시리아는 수메르를 정복한 뒤 샤마쉬로 수메르의 신 우투(Utu)를 대체했다.
훗날 바빌로니아가 아시리아를 정복한 뒤 샤마쉬를 바빌로니아 신으로 섬겼다. 유대인의 신
야훼는 이와 같이 다른 신에 의해 교체되는 과정을 거치지 않았다.

랍비의
땅

　　　　　　　　　두 사람의 랍비가 같은 땅을 사려
고 흥정하고 있었다. 한 랍비가 그 땅값을 정했다. 그러자 다른 랍
비가 그 땅을 먼저 계약을 해 버렸다. 그래서 어떤 사람이 다른 랍
비에게 가서 다음처럼 물었다.

　"어떤 사람이 과자를 사려고 제과점에 갔는데, 벌써 다른 사람
이 와서 먼저 그 과자를 살펴보고 있었소. 그런데 나중에 온 사람이
그 과자를 사 버린다면, 당신은 그 사람을 어떻게 대하겠소?"

　그 랍비가 대답했다.

　"그 사람은 옳지 않습니다."

　처음의 랍비가 따져 물었다.

　"당신이 이번에 계약한 땅은 다른 사람이 당신보다 먼저 값을 흥
정하여 값을 결정한 땅이오. 그런데 당신이 끼어든 것이오. 이래도

됩니까?"

그리하여 어떻게 해결하는 것이 좋을지가 문제로 대두되었다. 한 가지 방법으로 제시된 것은, 계약한 랍비가 그 땅을 흥정한 첫 번째 랍비에게 되파는 것이었다. 그런데 두 번째 랍비는 물건을 사자마자 파는 것이 싫다고 했다.

두 번째 해결책은 땅을 사들인 랍비가 첫 번째 랍비에게 그 땅을 선물로 주는 것이 어떠냐는 것이었다. 이번에는 첫 번째 랍비가 그 땅은 양심상 도저히 받을 수 없다고 했다. 그래서 결국 땅을 계약한 두 번째 랍비는 그 땅을 학교에 기부했다. 이후 그 땅은 누구의 소유도 아닌 '랍비의 땅' 이라 불리며 학생들의 모임 장소로 사용되었다.

부자와
거지

        돈 많은 부자와 구두쇠는 자신이 소유한 재산에 대해 만족하지 못한다. 그들은 재산이 늘어날수록 소비도 함께 증가하므로 더 많은 재산을 모으기 위해 노심초사한다.

    평범한 노동자는 식량이 충분하든 그렇지 않든 편안하게 잠을 잔다. 그러나 부자들은 엄청난 재산을 쌓아놓고도 마음 편히 잠들지 못한다.

    부자들의 가장 큰 걱정거리는 영원히 살지 못한다는 데 있다. 태어날 때 빈손으로 왔듯이 죽을 때도 모든 재산을 그대로 남겨 두고 떠나야 하기 때문이다. 그들은 세속적인 쾌락을 추구하고 목말라 한다. 최소한의 노력으로 최대 결과를 꿈꾼다. 마치 활활 타오르는 불꽃같다. 시간이 지날수록 더욱 거세게 타오를 뿐만 아니라 세속의 쾌락에서도 헤어나지 못한다. 그들은 언제나 물건이 잘 팔리는 때를 기다리며 시장 동향을 살핀다. 상품 가격을 조사하고, 세상 곳곳의 가격 변동 상황을 체크한다. 추운 겨울도, 무더운 여름도, 바다의 폭풍우도, 사막의 장거리 여행도 마다하지 않는다.

돈이 없는 자가 열심히 일해 부를 축적해 마음이 편해지면 사치의 유혹을 받게 된다.

가난한 자는 힘들게 일해 근근이 생계를 유지하게 되어 긴장을 늦추면 먹고살기 힘들어진다.

우리가 살고 있는 세상은 하루가 다르게 급변하고 있다. 오늘의 부자가 내일의 가난뱅이가 될 수 있고, 오늘의 가난뱅이가 내일의 부자가 될 수 있다.

신앙이 독실한 사람이 큰 재산을 물려받았다. 그는 평소 안식일 준비를 철저히 하곤 했다. 그런데 갑자기 급한 일이 생겨서 안식일이 다 돼서 외출을 해야만 했다. 일을 마치고 집으로 돌아오는 길에 그는 한 거지를 보게 되었다. 거지는 다짜고짜 안식일을 지내야 한다며 구걸했다.

그는 거지에게 호통을 쳤다.

성궤

성궤는 휴대용 나무 상자에서 기원했다. 옛날 넓은 광야에서 또는 군대에서 봉사하던 성직자
들에게 필요한 것이었다. 그러나 오늘날의 성궤는 세밀한 장식이 들어간 대형 찬장으로 이용
되고 있다. 하느님의 신성함을 표현하기 위해 아름다운 장식이 많이 들어 있다.

Talmud

"어떻게 지금에야 안식일을 준비한단 말이냐? 나를 속여 돈 몇 푼 뜯어내려고 그러는 것이 아니더냐?"

집으로 돌아온 그는 길에서 있었던 일을 아내에게 이야기했다.

아내가 말했다.

"당신은 굶어 보지 않아서 가난이 얼마나 힘든지 몰라요. 저는 가난했던 어린 시절을 도저히 잊어버릴 수 없답니다. 어릴 적 안식일에 아버지는 날이 어둑해질 때에야 겨우 마른 빵을 들고 급히 집으로 들어오시곤 했어요. 그 거지도 아마 그랬을지도 몰라요."

그는 아내가 말을 마치자마자 황급히 밖으로 나가 거지를 찾았다. 거지는 그때까지도 구걸하고 있었다. 그는 그에게 빵과 생선은 물론 고기와 술까지 주었다.

세상에서 굶주림과 목마름보다 더 큰 고통은 없다. 가난으로 굶주리는 자는 세상의 모든 고통을 짊어진 것과 같고, 세상 모든 저주의 말을 들은 것과 같다. 세상의 모든 고통을 저울 한쪽에 올려놓고, 반대편에 가난을 올려놓는다면 추는 굶주림 쪽으로 기울어질 것이다.

갈릴리
호수처럼

　　　　유대인은 이 세상 어떤 민족보다도
자선을 중요하게 여기는 민족이다. 그럼에도 오늘날에는 사람들이
권유하지 않으면 자선을 아예 하지 않는 사람들도 있다. 그런 사람
들에게 나는 다음과 같은 말을 해 준다.

　이스라엘 요단강 근처에는 두 개의 호수가 있다. 하나는 사해(死
海, 죽은 바다)이고, 하나는 히브리어로 '살아있는 바다' 라고 불리
는 갈릴리 호수다. 사해는 다른 바다에서 물이 들어오지만 다른 데
로 흘러 나가지는 않는다. 한편 갈릴리 호수는 물이 들어오는 대신
에 그만큼 밖으로 나간다. 자선을 베풀지 않는 것은 사해와 같아서
돈이 들어오기만 하고 나가지 않는다. 자선을 하는 사람은 갈릴리
호수와 같다. 이렇듯 우리는 갈릴리 호수처럼 살아야 한다.

Talmud

퐁트카카

평생을 자기 본위로만 살아온 구두쇠가 있었다. 임종을 앞둔 그에게 의사가 마지막으로 먹고 싶은 음식이 무엇이냐고 묻자 그가 대답했다.

"삶은 달걀과 꿀물을 가져다주세요. 그것은 먹을 수 있겠습니다."

부인이 꿀물을 가져오는데, 웬 거지가 나타났다.

"저에게도 나눠 주세요."

구두쇠는 어찌된 영문인지 달걀은 물론 꿀물까지 선뜻 내어 주었다.

사흘 뒤 구두쇠는 조용히 이승을 떠났다. 그리고 얼마 후 꿈속에서 아들 앞에 홀연히 나타났다. 깜짝 놀란 아들이 두 눈을 크게 뜨고 물었다.

"아버지, 지금 계신 곳은 어떠세요?"

"애야, 너는 살아서 자선을 많이 베풀어라. 내 일생을 뒤돌아보니 죽기 전에 거지에게 꿀물 한 컵 준 게 유일한 자선행위였더구나. 그로 인해 내가 지은 죄를 용서받고 천당에서 살 수 있게 되었단다."

가뭄이 지속되던 날 랍비 아바후가 꿈속에서 이런 소리를 들었다.

"퐁트카카(하루에 다섯 가지 죄를 지은 청년)가 하느님께 기도를 드리면 단비가 내려 가뭄이 해소될 것이다."

랍비는 즉각 퐁트카카를 찾아 기도를 시켰더니 과연 하늘에서 비가 내려 가뭄이 해갈되었다.

랍비가 그를 불러 물었다.

"너의 직업은 무엇이냐?"

"저는 퐁트카카입니다. 창녀를 고용하고, 극장에서 시중을 들고, 창녀의 옷을 빨래방으로 날라다 줍니다. 그리고 창녀들 앞에서 춤을 추고, 북과 악기를 연주합니다."

"그럼 네가 했던 선행에 대해 말해 보아라."

"하루는 극장을 청소하고 있는데, 한 여자가 무대 뒤 구석으로 뛰어들더니 한참을 울더군요. 제가 무슨 일이냐고 묻자, 감옥에 갇힌 남편의 석방을 위해 몸을 팔아서라도 돈을 모아야 한다고 했습니다. 그래서 저는 제가 가진 침대, 옷, 식기 등을 팔아 그녀에게 주었습니다. 그 돈으로 남편을 감옥에서 꺼내어 행복하게 살라고 말해 주었습니다."

그의 말을 들은 랍비가 감격하여 말했다.

"오늘 하느님이 네 기도를 들어주신 것은 네가 행한 선행 때문이로다."

돌병풍(石屛)의 잔편
비잔틴 시대 제작. 아슈켈론의 유대교 회당에서 발견. 예루살렘 이스라엘박물관 문화재관리위원회 소장.

자선
이야기

다음은 구약에서 전하고 있는 이야기다. 모압이라는 고장에 룻이라는 젊은 여자가 있었다. 그녀는 남편과 사별한 뒤에도 시부모 곁을 떠나지 않고 그들을 봉양하며 살았다. 룻은 시부모를 위한 어떤 궂은일도 했다. 인근 마을까지 가서 품을 팔기도 했다. 그러던 어느 날 이웃 마을 바오스의 밭에서 이삭줍기까지 했는데 알고 보니 그는 시어머니의 먼 친척이었다. 그녀의 성실함과 시부모를 모시는 태도를 지켜본 바오스는 룻을 드디어 아내로 맞아들였다.

땅 주인이 곡식을 수확한 뒤 일부를 가난한 자들을 위해 남겨 두었다고 해도 이삭줍기는 매우 고된 일이었다. 당시에는 곡식을 수확하다 떨어진 밀이나 벼는 자연스럽게 가난한 자들의 소유가 되었다.

그러나 땅 주인들은 이삭을 어떻게든 남겨 놓으려 하지 않았고 가난한 자들도 바닥에 떨어진 곡식을 자신의 몫이라고 생각하지 않았다. 자신의 자존심을 지키기 위해 타인의 도움을 거부하는 풍토가 당시 유대사회에 깊이 뿌리내려 있었기 때문이다. 랍비 마이모니데스가 자선에 대해 언급한 아래 조항은 지금까지 전해지고 있다.

네 땅에서 곡식을 수확할 때 땅에 흘린 곡식 한 묶음을 다시 돌아가서 주워 오지 마라. 그것은 이방인과 부모를 잃은 고아나 과부의 것이다.

올리브 나무를 흔들어 열매를 딴 뒤 남은 열매를 가지려고 하지 마라. 그것은 이방인과 부모를 잃은 고아와 과부의 몫이다.

포도밭에서 포도를 수확한 뒤 남은 포도를 따지 마라. 그것은 이방인과 부모를 잃은 고아와 과부의 몫이다.

당신의 행복과 인류의 행복을 원한다면 자선하라. 자선이야말로 주는 사람이나 받는 사람이나 모두 행복하게 한다. 자선에 대한 보답은 베푸는 자가 얼마나 너그러우냐에 달려 있다. 그러나 남에게 물건을 빌려 주는 것이 공짜로 주는 것보다 훨씬 나은 경우도 있다.

다음은 자선에 대한 여덟 가지 실천 강령이다.

1. 최고의 자선은 가난하고 고통 받는 이웃을 도와줄 생각으로 돈과 물품을 기증하고, 그들의 거래 파트너가 되어 주며 일자리를 찾아주는 것이다.

2. 기증자는 기증품이 누구에게 전달되는지 모르고, 수혜자 역시 누가 기증품을 기부했는지 모른다. 예를 들면, 회당에 비밀 장소를 만들어 기증자가 기증품을 놓고 가면 수혜자가 와서 필요한 물건을 가져가게 한다.

3. 기부금을 자선함에 넣는다. 기부자는 신뢰할 만한 랍비나 자선단체에 기부를 한다.

4. 수혜자는 기부자가 누구인지 알지만 기부자는 수혜자가 누구인지 모른다. 기부자가 돈을 수건에 싸서 등에 메고 걸으면 도움이 필요한 사람이 가져갈 수 있다.

5. 기증품을 직접 수혜자에게 전달한다.

6. 가난한 자가 도움을 청할 때에야 비로소 손을 내밀어 도와준다.

7. 기증자가 가져간 물건이 수혜자에게 직접적인 도움이 될 수 있도록 하라.

8. 가장 나쁜 자선 행위는 기증품을 내놓으면서 싫은 표정을 짓는 것이다.

자식이 크면 아버지는 아들에게는 탈무드를, 딸에게는 의로운 길을 가도록 가르쳐야 한다. 그리고 성인이 된 자식에게는 자선에 대해 가르쳐야 한다. 부모가 자녀를 교육하는 데 들어가는 비용도, 장성한 자녀가 부모를 부양하는 것도 일종의 자선행위에 속한다. 사실 자선 행위에 있어서는 남들보다 자신의 부모형제가 우선시돼야 한다. 모르는 남보다는 가까운 친척부터 먼저 도와야 하며 성안의 가난한 사람들보다는 가족 중 가난한 사람을 우선시해야 한다. 성 밖 사람들보다 성안 사람부터 챙겨야 하는 것이다. 외국에서 사는 사람들보다는 이스라엘에 사는 사람들을 우선적으로 도와야 한다.

법과
정의

법원에서 사형 판결을 내릴 경우, 판결이 판사들의 전원 일치로 이뤄지면 그 판결은 무효이다. 재판에 있어 항상 두 가지 견해가 존재하게 마련인데, 한 가지 견해밖에 나타나지 않는 것은 재판의 공정성에 문제가 있기 때문이다. 그래서 사형이라는 극형을 결정할 때, 판사 전원의 일치로 결정되면 그 판결은 무효이다.

수십 개의 갈대 묶음은 천하장사도 부러뜨릴 수 없지만 한 가닥의 갈대는 어린 아이라도 부러뜨릴 수 있다.

예민한 사람, 쉽게 화내는 사람, 우울한 사람은 삶의 질이 낮다.

두 사람이 말다툼할 때 먼저 침묵하는 자가 더 훌륭하다.

모욕적인 말을 듣고도 받아 넘기는 사람은 진정으로 행복한 사람이다. 이런 사람은 만 가지 악을 피할 수 있다.

정의를 업신여기지 말라. 정의는 세상을 지탱시키는 세 가지 힘 중 하나이다. 정의가 무너지면 세상의 기초가 흔들린다. 판관은 항상 예리한 칼날이 심장을 겨누고, 발아래 지옥이 있다고 생각해야 한다. 그리고 판관은 지혜롭고, 겸손해야 하며, 죄를 두려워하고, 명성이 높아야 사람들에게 환영받는다. 성실, 공정한 재판 그리고 화목 이 세 가지로 인해 세상은 발전하고 유지된다.

어느 날 한 관리가 다리를 건너는데 갑자기 손 하나가 불쑥 나타나 그를 부축해 주었다.

그가 물었다.

"나를 도와주는 이유가 무엇인가?"

"제가 요즘 송사 중인데 판결이 아직 나오지 않았습니다."

"그럼, 나는 오늘 네 송사를 맡지 않겠다. 판관은 돈은 물론이고 그 어떤 물건도 받아서는 안 된다."

사회 생활

판관의
수칙

탈무드는 세상의 모든 재앙은 법의 불공정함으로 인해 초래되었다고 본다. 정치가들의 안정을 위해 기도하라. 권력에 공정성이 없다면 누구든 너와 네 이웃까지 집어삼키려 할 것이다.

성경에서는 인간을 바다의 물고기에 비유하는 구절이 매우 많다. 그 이유는 무엇일까? 바다에서는 큰 물고기가 작은 물고기를 잡아먹으며 살듯, 인간 사회도 이와 다르지 않기 때문이다. 그러니 국가가 힘센 자와 약한 자 사이를 조정하거나 중재하여 통제하지 않는다면 세상은 힘센 자가 약한 자를 지배하는 약육강식의 세상이 될 것이다.

하느님이 나단을 다윗에게 보내니 나단이 다윗에게 가서 이렇게 말했다.

"어느 마을에 두 사람이 살았는데 한 사람은 부유하고 한 사람은 가난했습니다. 부유한 사람은 양과 소가 충분히 많았으나 가난한 사람은 아무 것도 없었습니다. 단지 며칠 전에 구입한 작은 암양 새끼 한 마리가 있을 뿐이었습니다. 그 양 새끼는 그와 그의 가족과 함께 생활하면서 그들이 먹는 음식을 먹었습니다. 심지어 잠까지 같이 잤습니다. 어떤 나그네가 그를 찾아와서 말했습니다. 부유한 사람이 자기의 소와 양을 잡아, 자신을 찾아온 손님을 대접하지 않고, 가난한 사람의 양 새끼를 빼앗아다가 잡았습니다."

다윗이 그 말을 듣고 화를 내며 나단에게 말했다.

"야훼의 살아 계심을 두고 맹세하니 이 일을 행한 그자는 마땅히 죽어야 할 것이다. 그자는 가난한 사람을 불쌍히 여기지 않고 이런 일을 저질렀으니 양 새끼를 네 배나 갚아 주어야 한다."

그러자 나단이 다윗에게 말했다.

"당신이 바로 그 사람입니다."

판사는 항상 겸손하고 선행을 거듭 행하며, 정확한 판별력과 위엄을 가져야 하고 청렴해야 한다.

판사는 반드시 정의(Justice)와 평화(Peace)를 모두 추구해야 한다. 만일 정의만을 추종한다면 평화는 잃고 만다. 따라서 정의도 파괴하지 않고 평화도 함께 지킬 수 있는 방법을 찾아내지 않으면 안 된다. 바로 타협이다

극형을 언도하기 전의 판사는 자신의 목에 칼이 꽂히는 듯한 심정이어야 한다.

판사는 자신이 사랑하는 사람이나 미워하는 사람을 재판해서는 안 된다. 사랑하는 사람의 죄나 미워하는 사람의 장점을 정확하게 볼 수 없기 때문이다.

사형수는 사형을 집행하기 전에 먼저 술을 한 잔 받는다. 술에는 유향수가 들어 있어서 그것을 마시면 정신이 마비되고 둔해진다.

"모든 사람의 말을 다 들은 뒤에 공정하게 재판하라."

이는 랍비 하나나가 법관이 소송 상대가 출석하지 않은 상황에서 한쪽의 말만 듣고 판결을 내린 것에 대한 경고이다.

"너희들은 불공정한 재판을 해서는 안 된다."

이 말에 대해 랍비 유다는 법관은 어느 한쪽으로 기울지 말아야 한다는 의미라고 해석했다. 또 랍비 엘리사는 그 누구에게도 편견을 가져서는 안 된다는 의미라고 말했다.

"빈부귀천을 막론하고 모든 계층 사람들의 말을 다 들어봐야 한다."

랍비 라지스는 이 말에 대해 얼마의 돈이 걸린 사건이든 공정하게 재판해야 한다는 의미로 보았다.

"가난한 사람의 편을 들어서는 안 된다."

법관은 "이 사람은 가난하므로 부자는 무조건 그의 말에 좇아야 한다. 나는 가난한 사람의 편에 서서 그들을 도울 것이다."고 하면 안 된다는 뜻이다.

"부자에게 특별한 대우를 해 주지 말라."

법관은 또 "이 사람은 부자에다 귀족의 후손이므로 그의 가족이나 그의 체면을 손상해서는 안 된다."고 하면 안 된다는 뜻이다.

자살하려는 사람에게 하고 싶은 말: 자살하려는 에너지로 그만큼 열심히 살아라. 행복이 찾아올 것이다.

보상

이스라엘이 평원에 모여 있었다. 황제의 사신이 와서 더 이상 회당을 지으면 안 된다는 왕의 명령을 알렸다. 그러자 이스라엘이 로마인들에게 필사적으로 저항하기 시작했다. 그러자 랍비 위원회에서는 요하난을 황제에게 파견하기로 결정했다. 그는 사람들을 모아 놓고 우화를 하나 들려주었다.

"하루는 사자가 동물을 잡아먹다가 목에 뼈가 걸렸습니다. 사자는 자신의 목에 걸린 뼈를 빼 주는 동물에게 큰 상을 주겠다는 공고를 냈습니다. 공고문을 본 왜가리 한 마리가 찾아와 사자의 목에 걸린 뼈를 빼 준 다음 약속대로 상을 달라고 요구했습니다. 그러자 사자는 왜가리가 무엇을 주겠느냐고 묻는 말에 그만 화가 치밀어 퉁명스럽게 말했습니다. 저리 꺼져라! 돌아가서 사자의 입속에 머리를 집어넣고도 살아났다고 자랑하여라. 그렇게 위험한 상태에서도 살아날 수 있다는 게 큰 보상이다. 그 이상은 없다."

이야기를 끝낸 요하난이 다시 말을 이었다.

"우화는 이렇게 끝났지만 우리가 주목해야 할 대목이 하나 있습니다. 우리는 평화롭게 로마인들과 대화를 하고 무사히 집으로 돌아왔다는 사실입니다."

내가 살고 있는 땅에 정착한 외지인을 푸대접하지 말라. 그도 너와 마찬가지로 이 나라의 백성이다.

내가 너를 사랑하는 것처럼 너도 그를 사랑하여라. 너도 이집트 땅에서는 이방인이었다.

탈무드 시대의 유대인들은 흔히 비유대인들과 함께 일하거나 생활을 같이 하기도 했다. 유대인에게는 천사가 지키라고 한 613개의 계명이 있다. 유대교에서는 굳이 비유대인들을 개종하려고 하지 않았으므로 선교사를 보내는 일은 하지 않았다. 다만 서로의 평화로운 관계를 유지하기 위해 비유대인들에게는 7가지만 지켜 달라는 부탁을 했다.

1. 살아있는 동물을 죽인 다음 곧바로 날고기로 먹지 마라

2. 남을 욕하지 마라

3. 도둑질하지 마라

4. 법을 어기지 마라

5. 살인하지 마라

6. 근친상간하지 마라

7. 불륜 관계를 맺지 마라

하늘과 땅이 증명하되 유대인과 비유대인, 여자와 남자, 여종과 남종에 관계없이 신성한 정신은 모든 이에게 깃들어 있다. 모든 것은 그(그녀)의 행동에 달려 있다.

하느님 보시기에 성경을 공부하는 비유대인과 상급 랍비의 지위에 차이가 없었음을 어떻게 알 수 있을까?

성경에 "너는 법률과 계명과 율례와 증거를 모세의 율법에 기록된 대로 지켜라. 그리하면 모든 인류가 원하는 대로 살게 될 것이다."고 기록돼 있다. 성경에서는 또 '랍비와 레위인과 유대인'이라고 하지 않고 '모든 인류'라고 했다. 그러므로 우리는 하느님 앞에서 토라를 공부하는 자의 지위가 상급 랍비의 지위와 조금도 다르지 않음을 알 수 있다.

결과의
철학

　　우리는 새 생명이 태어나면 모두 기뻐하고, 생을 마감하면 모두 슬퍼한다. 하지만 이는 옳지 않은 일이다. 새 생명이 태어났을 때는 기뻐하지 말아야 한다. 그의 앞날에 무슨 일이 일어날지, 그의 사업이 어떻게 될지, 그가 정직할지 아니면 사악할지, 그가 좋은 사람이 될지 아니면 나쁜 사람이 될지 아무도 모른다.

　　그러나 사람이 죽을 때는 그가 좋은 명성을 남기고 편안하게 이 세상을 떠나는 것이기 때문에 이때야말로 모든 사람이 기뻐해야 할 때이다. 예를 들어 바다에 배 두 척이 있는데 한 척은 출항하려 하고, 한 척은 이제 막 입항하려는 참이다. 사람들은 대개 배가 떠나갈 때에는 성대하게 환송을 하면서도 돌아온 배는 그다지 환영하지 않는다. 옆에 서 있던 지혜로운 자가 사람들에게 말했다.

사회생활

"내 생각은 자네들과 다르네. 배가 출항할 때에는 기뻐할 필요가 없네. 배가 얼마나 큰 폭풍우와 거친 파도를 만날지 그 미래에 대해 아무도 모르기 때문일세. 그러나 배가 오랜 항해를 마치고 무사히 돌아왔을 때야말로 축하해야 하네."

다윗
다윗은 여부스족의 수중에서 예루살렘을 빼앗은 뒤 그들(왕을 비롯해)의 사상과 예의 등을 바꿔 놓았다. 왕(메시아)은 신이나 신을 대표하는 것은 금지되었지만, 백성과 하느님을 이어주는 중간자 역할을 했다. 여기서 메시아라는 사상이 발전하기 시작했다.

그리고
사랑은 강하다

　　이 세상에는 강한 것이 열 가지가 있다. 산은 강하다. 그러나 철은 산을 부순다. 철은 강하다. 그러나 불은 철을 녹인다. 불은 강하다. 그러나 물은 불을 끈다. 물은 강하다. 그러나 구름은 물을 든다. 구름은 강하다. 그러나 바람은 구름을 흩어지게 한다. 바람은 강하다. 그러나 몸은 바람을 호흡한다. 몸은 강하다. 그러나 두려움은 몸을 망가뜨린다. 두려움은 강하다. 그러나 술은 두려움을 쫓아낸다. 술은 강하다. 그러나 잠은 술을 이긴다. 그러나 사랑은 이 모든 것보다 더 강하다.

다윗 왕의
리더십

야훼께서 우리야의 아내가 다윗에게 낳아 준 아들에게 중병을 내리셨다. 다윗은 아들을 살리기 위해 식음을 전폐하고 맨 땅에 엎드려 밤을 새우면서 하느님께 애원했다. 늙은 신하가 그를 부축해 일으키려고 했으나 그는 일어나지 않았다. 음식도 먹지 않았다. 칠십칠일 되는 날 아들은 마침내 숨을 거뒀다. 신하들은 다윗에게 아들이 죽었다는 것을 차마 알리지 못하고 수군거렸다.

"아들이 살아 있을 때에도 우리의 말을 듣지 않으셨는데 아들이 죽었다는 사실을 알려 드리면 더 슬퍼하실 것이 아닌가?"

다윗은 신하들이 수군거리는 것을 보고 아이가 죽었음을 알아차리고 아들이 죽었느냐고 물었다. 신하들이 그렇다고 대답하자 다윗이 땅에서 몸을 일으키더니 목욕을 하고 몸에 기름을 바른 다음 깨끗한 옷으로 갈아입고 야훼의 전에 들어가 예배를 올렸다. 그러고는 궁에 돌아와 음식을 가져오게 해서는 먹기 시작했다. 신하들이 물었다.

"아들이 살아 계실 때에는 잡숫지도 않고 울기만 하시더니 막상 아들이 돌아가시자 일어나서서 음식을 드시니 어찌된 일이십니까?"

다윗이 대답했다.

"그 아이가 살아 있을 때 굶으면서 운 것은 혹시 야훼께서 나를 불쌍히 여기서서 아기를 살려 주실까 해서였다. 아이가 이미 죽고 없는데 굶은들 무슨 소용이 있겠는가? 나는 그 아이한테 갈 수 있지만 그 아이는 나한테 돌아올 수 없지 않는가?"

사회생활

특별
부록

유대사 연표와 세계사 연표 비교

연대	세계사 연표	유대사 연표
BC 4500년	키쉬 문명의 시작.	
BC 3600년	수메르 문명의 시작.	
BC 3500년	고대 이집트 문명 발전.	
BC 3100년	메네스(Menes)가 상하 이집트 통일, 이집트 제1왕조 창건.	
BC 2400년	고대 이집트 왕조 중기.	
BC 2100년	고대 이집트 노예와 빈민들의 봉기.	
BC 2000~1200년	고대 바빌론 왕국 출현. 고대 이집트 제국 확장. 아시리아 세력 확장. 힉소스인 이집트 침공. 족장 시기.	아브라함이 가족들을 이끌고 갈대아 우르(현 이라크 남부)를 떠나 서쪽의 가나안 땅으로 이동. 요셉이 이스라엘인을 이끌고 이집트로 건너감. 이스라엘인들 이집트에서 노예로 전락. 모세가 이스라엘인들을 이끌고 이집트 탈출.
BC 1792~1750년	"함무라비법전" 편찬.	여호수아가 모세의 뒤를 이어
BC 1300~1200년	소아시아의 아리안인들이 그리스 반도 상륙.	이스라엘인을 이끌고 가나안 땅에 진입. 유대인이 가나안 땅 정복.
BC 1200~1100년	이집트 제국 분열.아킬레스 시대. 트로이, 곤경에 빠짐.	
BC 1100~1000년	살만에셀 1세, 아시리아 제국 확장.	사사시대.
BC 1100~800년	북발칸반도의 아이올리스인, 이오니아인 및 도리안인이 그리스 진입. 페니키아인이 실로성(Shiloh)을 무너뜨림. 시리아, 페니키아 전성 시기. 이집트 왕이 예루살렘 약탈. 이집트 폭동 발생. 외래족이 이집트 통치.	삼손이 강적 페니키아를 물리침. 선지자 사무엘 사역 시기. 사울이 통일 왕조 초대왕 재위 (BC 1028~1013년). 사울 전사, 다윗 재위 (BC 1013~973년). 다윗이 예루살렘에 수도를 세움. 솔로몬왕 재위(BC 973~933년). 솔로몬 성전 건설(BC 953년). 히브리 왕국이 이스라엘 왕국과 남유다 왕국으로 분열.

BC 854년	아시리아의 살만에셀 전쟁 발동.	
BC 850년		"구약오경" "J" 문서 완성.
BC 800~700년	살만에셀 3세가 아시리아 왕이 됨. 다마스쿠스 함락. 호메로스(Homer)시대 시작. 외래족에 의해 로마 건설.	살만에셀 3세가 아시리아 왕이 됨. 다마스쿠스 함락. 호메로스(Homer)시대 시작. 외래족에 의해 로마 건설. 선지자 시대. 아람(Aram)이 북이스라엘 왕 베가와 연합해 남 유다왕국 공격. "구약오경" "E" 문서 완성(BC 750년). "구약오경" "D" 중점 부분 완성(BC 710년). 북쪽 이스라엘, 아시리아에 의해 멸망(BC 722년).
BC 700~600년	아시리아왕 아슈르바니팔이 이집 트의 테베스 공격. 카르케미시(Carchemish) 전쟁에 서 아시리아와 이집트 대패. 아시리아가 신바빌론에 의해 멸망됨.	여호수아가 유대왕이라 불림. 여호수아가 율법서 발견 및 종교개혁 실시 (BC 621년). 선지자 예레미야와 이사야 시대.
BC 600~500년	네브카드네자르(Nebuchadnezzar) 예루살렘 침공, 성전을 무너뜨림. 네브카드네자르 사망, 아멜마르둑 이 왕위 계승. 아테네 솔론 개혁(BC 594년). 페르시아 키로스 대제가 신바빌론 을 멸망시킴(BC 539년). 페르시아 캄비세스(Cambyses) 이집트 정복(BC 525년).	유대왕국 멸망(BC 586년). 유대민족이 바빌론의 노예로 전락. 키로스, 유대민족을 해방시켜 예루살렘으로 돌려보냄(BC 538년). 이집트 엘레판티네(Elephantine)지역에서 유대인 회당 출현.(BC 525년) 다리우스 6년 제2성전 완공(BC 516년). 유대인들, 신바빌론에서 예루살렘으로 이동.
BC 500~400년	페르시아왕 크세르크세스(Xerxes) 가 바빌론을 멸하고 페르시아 제국 건설. 페르시아 전쟁(BC 492~479년). 마라톤 전투(BC 490년). 살라미스 해전(BC 480년).	에즈라와 느헤미야의 개혁. "구약오경" "P" 문서 완성(BC 470년). 에즈라와 느헤미야 히브리 언어의 "토라" 정리(BC 445년). 이집트 엘레판티네의 유대인 회당이 파괴됨 (BC 411년).

BC 500~400년	로마공화국 건립. 펠로폰네소스 전쟁(BC 431?BC 404년).	(BC 411년). 엘레판티네 유대인들, 회당 재건 요구(BC 407년) "구약오경" "J", "E", "D", "P" 단행본 완성(BC 400년). "요엘서(The Book of Joel)"완성(BC 400년).
BC 400~300년	마케도니아 강성 시기. 알렉산더 1세가 페르시아를 멸함(BC 330년). 알렉산더 1세가 이집트, 시리아 및 팔레스타인 정복(BC 332~331년). 로마가 이탈리아반도 통일.	에즈라가 바빌론의 유대인을 이끌고 예루살렘으로 돌아감(BC 397년). 사마리아인 분열, 그리짐심산에 또 다른 성전 건설(BC 335년). 유대인, 고대 그리스 문화의 영향을 받음. 유대인 최초로 서양과 접촉.
BC 300~200년	마케도니아 제국이 셀레우코스 왕국과 톨레미 왕국으로 분열. 셀레우코스 왕국(BC 305~67년). 이집트 톨레미 왕국(BC 305~30년). 제2차 포에니 전쟁으로 로마가 지중해 강국으로 부상.	최초의 "미드라쉬" 출현. "요나서" 완성(BC 300년). "70인역 성서" 율법서 부분 번역 완성(BC 250년). "예언서" 편집(BC 250년). 톨레미 왕조, 팔레스타인 통치(BC 323~198년). 셀레우코스 왕조가 톨레미 왕조를 대신해 팔레스타인 통치.
BC 200~100년	그리스 도시국가 쇠락. 로마, 제3차 포에니 전쟁에서 승리, 그리스반도 지배.	셀레우코스 왕조 안티오코스 4세 유대교 박해(BC 168년). 마카베오 봉기(BC 168~143년). 시몬이 제사장 겸 지도자로 봉기를 이끌어 승리함(BC 143~135년). 마카베오 독립 왕조 시기(BC 143~63년). 시몬의 아들 요한 히르카누스 30년 동안 평화통치(BC 135~105년). 사두가이파와 바리사이파의 논쟁 시기.
BC 100~AD 1년	스파르타쿠스 봉기(BC 73~71년). 시저 통치 시대(BC 49~30년). 옥타비아누스, 로마 공화국을 제국으로 바꿈(BC 27년).	스파르타쿠스 봉기(BC 73~71년). 시저 통치 시대(BC 49~30년). 옥타비아누스, 로마 공화국을 제국으로 바꿈(BC 27년).

BC 100~AD 1년	로마 폼페이 장군이 팔레스타인 점령(BC 63년).	로마 폼페이 장군이 팔레스타인 점령(BC 63년). 예수 그리스도 탄생. 헤로데의 세 아들과 유대인 아켈라오스가 왕권 분할.
1년~100년	그리스도교 탄생. 예수 십자가에 못 박힘. 사도 바오로 전도. 로마 제국 전성 시대, 동쪽으로 유프라테스 강, 서쪽으로 브리티시아일랜드까지 세력 확장. 그리스도교 박해.	유다 왕국이 고대 로마의 속주로 전락. 빌라도(Pilate)가 유다 총독 부임. 1차 유대전쟁 발발. 로마가 제2성전을 파괴함(서기 70년). 예루살렘 유대인들이 로마군에 대항해 봉기를 일으켰으나 실패, 유대민족의 디아스포라 시작 (서기 70년). 마세다(Masseda) 함락, 약 1천 명의 유대인이 자살.(서기 73년). 성경 정경 완성(90년).
100~300년	"복음서" 편집 완료(120년). 로마 국내에서 분란 발발. 그리스도교에 대한 계속적인 박해.	2차 유대전쟁(바르 코크바의 봉기)발발(132년). 로마 하드리아누스 황제 유대인 박해 (135~138년). 유대인, 로마 통치에 계속 반항.
200~300년	갈리아에서 "바가우다에(Bagaudae)"운동 시작 (3세기 중엽). 게르만인과 파디아인이 로마 변경 습격. 로마 군사 독재 실시. 그리스도교도들이 이단의 박해를 당함.	유대인이 로마 공민이 됨. 유대인, 팔레스타인 거주 허가 받음. "미쉬나" 완성(210년). "탈무드" 편찬 시작.
300~400년	그리스도교, 로마 제국의 국교가 됨(313년). 콘스탄티누스 황제 다시 로마 통일. 니케아 회의 개최. 로마 제국 분열(395년). 반달족 로마 점령.	"예루살렘 탈무드" 완성(4세기). 콘스탄티누스 황제 반유대법 반포(315년, 339년).

400~600년	아랍 씨족제도 해체. 모하메드, 이슬람교 창건 및 메카에서 선교. 반달족, 고트족 및 흉노족이 로마 약탈. 그레고리 교황, 유대인의 그리스도 교 입교 추진(590~604년).	서로마 멸망, 서유럽 노예제도 붕괴(476년). 프랑크 왕국 건립(6세기 초). 로마 교황 통치제 확립. 유대인 산발적으로 아랍반도 진입. 유대 일신교 아랍인의 존중을 받음. "바빌론 탈무드" 완성(5세기 말). 유스티니아누스 반유대법 반포.
600~700년	모하메드, 메디나로 이주, 이 해를 이슬람 원년으로 삼음. 아부 바크르(Abu Bakr)의 외부 확장에 힘입어 이슬람교 크게 전파. 4대 칼리프 시대(632~661년). 아랍제국 우마이야 왕조(661~750년).	유대인들 아랍 반도로 대거 이주. 유대인, 이슬람교 입교 거부. 아랍 유대사회 파괴됨(624~638년). 유대교, 서유럽에서 억압 받음.
700~800년	수많은 비그리스도교인들 그리스도 교로 입교. 유럽에서 봉건제 확립(9세기). 유럽 중세 진입. 구세군 시대. 아랍군대가 근동지역, 팔레스타인, 이집트, 북아프리카 및 스페인 정복.	스페인에 있던 수많은 유대인이 강제로 그리 스도교 입교. 유대인들 이탈리아와 프랑스 및 독일의 요청 으로 현지 무역과 도시 건설을 도움. 유대인들, 유럽 중산층으로 자리잡음. 카라이트파(Karaites)의 분열 활동 초기 (762~767년).
1500~1700년	아랍제국 전성 시대. 터키가 시리아, 팔레스타인과 이집 트 정복 및 헤자즈 지역 통제 (1516~1517년). 마틴 루터 종교 개혁 시작(1517년). 마젤란 함대 세계 일주(1519~1522년). 포르투갈과 스페인, 아시아와 미주 대륙을 강점 및 식민지화함(16세기). 스페인령 네덜란드 독립혁명 발동, 북 부에 독립 네덜란드 창건(16세기 후반). 영국 해군, 스페인의 "무적함대" 격파. 영국 동인도회사 설립(1600년). 영국과 프랑스가 북미에서 식민지 확장(16세기 초).	터키, 팔레스타인 점령(1516년). 오스만투르크제국이 스페인과 포르투갈에서 망명 중인 유대인 장인과 상인들을 받아들임 (1453년~). 이탈리아 베니스에서 최초의 유대 게토 출현 (1516년). 이탈리아, 독일 및 중유럽 국가들에서 게토를 만들어 유대인의 활동범위 제한. 유대인 러시아로 이동. 독립국 네덜란드가 최초로 유대인의 서유럽 이주 환영. 마나쉬 · 벤 영국 도착. 영국에서 유대인 수용에 대해 전문 토론 진행 (1656년).

1700~1800년	예카테리나 2세가 프로이센과 오스트리아와 함께 폴란드를 세 번 분할. 유럽 계몽운동 시기. 영국 산업혁명 시작(18세기 60년대). 북미 독립전쟁(1775~1783년). 북미대륙회의에서 "독립선언문" 발표, 아메리카합중국 독립 선포(1776년 7월). 파리 시민 바스티유 점령, 프랑스 자산계급 혁명 발발(1789년 7월). 프랑스 "인권선언" 발표, 프랑스 왕정 폐지.(1792년 8월). 프랑스 제1공화국 창건(1792년 9월). 나폴레옹 브뤼메르 쿠데타 발동, 정권 탈취(1799년 11월).	핫시드주의 성행. 유대학 저평가받음. 반유대주의 출현. 유대인들 오스트리아와 독일의 유대 게토를 떠나기 시작. 모세 멘델스존 유대인 계몽운동 "하스카라" 제창. 핫시드주의, 러시아와 폴란드로 전파. 바알 셈이 창도한 핫시드주의가 동유럽을 휩쓸면서 치열한 논쟁을 불러옴(1740년). 유대 계몽운동이 독일에서 먼저 성행. 프랑스 혁명 뒤 유대인의 권리 되찾음. 나폴레옹 재위기간에 유대인 시민권 얻음. 독일 유대인들 점차 미국으로 이주. 유대인 사이에서 하스카라 운동 전개(1780년~).
1800~1900년		핫시드주의 전파 주춤. 히브리어와 이디시어 등 세속문학 발전. 유럽 계몽운동으로 유대인이 정치, 경제 및 문학 분야에서 재능을 발휘함. 유대인들 유럽의 명류로 성장함. 반유대주의에 정치적 색채가 들어가기 시작.
1804~1882년	나폴레옹 왕위 등극, 프랑스 제1제국 시작(1804년). 러시아, 프로이센 및 오스트리아가 "신성동맹" 결성(1815~1816년). 차르 알렉산더 2세 농노제 개혁 실시, 러시아 자본주의제도 진입(1861년). 미국 내전(1861~1865년). 프로이센–프랑스전쟁(1870~1871년). 프로이센 왕 빌헬름 1세 독일 통일(1871년 1월). 차르 알렉산더 2세 암살당함(1881년).	차르 알렉산더 1세, 유대인에 대해 고압정책 실시(1812년~). 차르 알렉산더 2세, 유대인에 대한 제재 완화(1855~1881년).

1882년	독일, 이탈리아, 오스트리아 삼국 동맹 형성.	러시아 비루조직 팔레스타인으로 건너감(제1차 알리야Aliyah, 대규모 이민).
1891년	모스크바와 페테르부르크에서 유대인 축출.	차르 니콜라스 2세 23년 간의 장기 통치 시작. 드레퓌스 사건. 테오도르 헤르즐 저서 "유대국가" 완성(1897년).
1894~1896년	니콜라스 2세 23년 동안의 장기 통치 시대 시작.	《유대국가(Der Judenstaat)》 완성
1897년	발칸반도 국가들이 오스만 제국에서 벗어나 독립.	제1차 시온주의대표대회 스위스 바젤에서 개최, 시온주의운동 시작.
1898년	미국 랍비 중앙회 설립	
1900년	노벨상 제정. 영국, 프랑스, 러시아 삼국협상 완성(1907년). 제1차 세계대전(1914~1918년).	러시아에 가짜 "시온의정서" 출현(1903년). "우간다 계획" 제출(1903년). 테오도르 헤르즐 서거(1904년). 제2차 알리야(1904~1911년). 히브리어가 국어로 지정됨(1908년). 팔레스타인 사무소 설립. 텔아비브 건설 시작(1909년). 최초의 키부츠(Kibbutz) 출현.
1917년	러시아 10월 사회주의 혁명 승리	벨푸어 선언 발표
1919년	승전국들 전리품을 나눠 가지기 위해 파리 회의 개최.	파이살(Faysal) 왕과 바이츠만(Weizmann)이 협의를 맺고 유대인과 아랍인의 팔레스타인에서의 권리를 인정함.
1922년	소비에트사회주의공화국연방 성립.	처칠백서, 팔레스타인 위임통치 제안(1922년).
1925년~1946년	히틀러 저서 "나의 투쟁" 완성. 자본주의세계 경제위기(1929~1933년). 독일 히틀러 집정. 스페인에서 반파시즘 혁명 발발. 영국, 프랑스, 독일 및 이탈이아가 체코슬로바키아를 분할하기 위한 뮌헨 회담 개최(1938년). 제2차 세계대전 발발(1939년 9월).	예루살렘에 히브리대학 기반을 세움. 영국에서 팔레스타인 문제와 관련해 "패스필드 페이퍼" 발표, 유대인의 이주와 토지 매매 제한. 독일, 뉘른베르크법령 발표(1935년). 팔레스타인에서 유대인 이주 중지를 요구하는 아랍인 대파업 발생(1936년 4월). 영국 필 위원회(Peel Commission)에서 팔레스타인 문제에 관한 보고를 하면서 "아랍인과 유대인의 분리통치 방안" 제시.

1925년~1946년	스탈린그라드 보위전(1942~1943년). 처칠 "철의 장막" 연설 발표, 냉전의 시작 의미(1946년 1월). 연합국 1차 회의 런던서 개최(1946년 10월).	"크리스탈 나이트"사건 발생(1938년). 팔레스타인에서 아랍인들의 반유대, 반영국 봉기가 절정에 달함(1938년 7월). 영국에서 팔레스타인 정책에 대한 백서 발표, 팔레스타인의 10년 후 독립과 유대인의 토지 매매 중지에 동의함(1939.5). 시온주의자들 미국 뉴욕에서 팔레스타인을 유대국가라고 주장하며 무제한 이민 정책 주장(1942.5). 영미 팔레스타인 조사위원회는 아랍인과 유대인의 분리통치 반대, 지방자치국가 건설 주장 및 유대인 이주 허가 보고서 발표(1946.4).
1947년 4월		영국은 팔레스타인 문제를 UN에서 처리하기를 희망함.
1947년 5월		UN은 특별위원회를 팔레스타인에 파견.
1947년 11월		UN 대회에서는 팔레스타인을 유럽국과 아랍국으로 나눠 가지며 예루살렘은 UN에서 통치하기로 결정.
1948년 4월	데이르 야신 학살 사건 발생, 팔레스타인 경내의 수많은 아랍인이 외부로 피난.	
1948년 5~6월	소련이 서베를린과 연방독일 간의 수륙교통 봉쇄, 미국과 영국 서베를린에 항공 운송 시작. 약 1년간의 "베를린 공수" 시작.	벤 구리온을 필두로 이스라엘 정부가 이스라엘 국가 성립 발표. 미국과 소련은 연이어 아랍국가의 이스라엘 파병을 승인.
1949년 2월		1차 중동전쟁 발발.
1957년 1월	유럽경제공동체 설립.	이집트와 이스라엘 정전협정 체결.
1966년		이스라엘 군대 이집트에서 철수. 팔레스타인 유격대의 지속적인 출격, 이스라엘 요르단에 보복성 습격.
1966년 12월	미군, 하노이에 대규모 폭격.	아랍연맹, 사우디아라비아와 이라크 군대를 요르단에 파병해 이스라엘을 공격하기로 결정.

1967년 4월		시리아-이스라엘 공중전.
1967년 6~8월	동남아국가연맹 설립.	제3차 중동전쟁 발발. 아랍과 이스라엘 휴전. 소련과 이스라엘 단교.
1967년 11월	미국 각지 시민, 워싱턴을 향해 평화 행진.	UN 안보리 "242호 결의" 통과, 아랍과 이스라엘의 평화 회담, 상호 인정 및 이스라엘의 철군 요구.
1973년	미국 "워터게이트"사건 들통, 미군 남베트남에서 철수.	이집트와 시리아 동시에 이스라엘 침공. 제4차 중동전쟁 발발. UN 안보리 "338호 결의" 통과, 각국의 휴전 요구.
1974년 1월		이집트와 이스라엘 군대 철수 협정 체결.
1975년 9월		이집트와 이스라엘 제네바에서 시나이 협정 체결.
1977년 11월		안와르 사다트 이집트 대통령 이스라엘 방문.
1977년 12월		메나헴 베긴과 안와르 사다트 카이로에서 회담. 리비아, 시리아, 남예멘 및 PLO가 "거부전선(Rejection Front)"을 세우고 이집트와 이스라엘의 평화회담 반대.
1978년 3월		이스라엘 군대 레바논으로 진입.
1978년 7월		이집트와 이스라엘 협상 결렬.
1978년 9월		지미 카터 미국 대통령의 주도로 이집트와 이스라엘이 중동평화에 관한 "캠프 데이비드 협정" 체결.
1978년 11월	소련과 베트남 우호협력조약 체결.	아랍 지도자회의, 이집트와 이스라엘의 협정 반대.
1979년	이란에서 미국인 인질 구류사건 발생. 소련군 아프간 침공, 아민 타라키 대통령 살해.	워싱턴에서 이집트-이스라엘 정식 협약 체결. 모든 아랍국가들이 이집트와 단교, 아랍연맹에서 이집트를 몰아냄.
1980년 5~7월	아프간에 침투한 소련군 11만 명 돌파.	이집트, 이스라엘 및 미국이 팔레스타인 자치 문제에 대해 논의. 이스라엘 국회는 예루살렘을 영원한 수도로 선포.

1981년 5~8월	로마 교황 요한 바오르 2세 피격, 부상. 동남아국가연맹 설립. 미국과 리비아 항공기, 지중해 남부 시드라만에서 공중전.	미국 대통령 특사 하비브가 중동 문제 관련 왕복 외교 진행, 시리아 · 이스라엘 미사일 위기와 레바논 위기 해결을 위해 노력.
1981년 10~11월	사다트 이집트 대통령 암살.	이스라엘 국회, 골란고원 점령 결의 통과.
1982년 4월	아르헨티나 출병, 말바나스(포클랜드)제도 공격.	이스라엘, 레바논 수도 베이루트 남부 폭격.
1982년 6월	영국의 해군과 공군이 말바나스 제도 공격.	이스라엘이 레바논 대거 공격, 수도 베이루트를 포위.
1982년 9월	미국, 최초로 퍼싱투(Pershing II) 미사일 시험발사 성공.	제12차 아랍지도자회의에서 "페즈선언문(Fez Summit)" 발표, 이스라엘 생존권 승인안 제출.
1985년 8월		이스라엘, 레바논 남부 대거 공격.
1987년	이란 성지순례자들 메카에서 사우디아라비아 경찰들과 충돌, 세상을 놀래킨 "메카 참사" 발생.	이스라엘과 이집트, 유엔 안보리 5개 상임이사국이 참여한 중동평화회담 개최에 동의함.
1988년 1월		호스니 무바라크 이집트 대통령이 유엔에 새로운 중동평화 건의 제출, 6개월 내에 이스라엘 점령지 내에서의 모든 폭력과 진압 활동 중지 요구.
1988년 7월		후세인 요르단 국왕은 이스라엘이 점령하고 있는 요르단 서안지역과 법률과 행정관계를 모두 단절할 것을 선포.
1991년	미국을 비롯한 다국적군이 "사막의 폭풍"이라는 작전명으로 이라크를 대규모 공습, 걸프전 발발. 유고슬라비아 내전. 소비에트 사회주의공화국연방 해체.	중동평화회의, 스페인 리스본에서 개최(1991년 10월).
1992년	소련(USSR) 해체. 동유럽 공산권 붕괴	이스라엘 노동당 대표 이츠하크 라빈(Yitzhak Rabin)이 이스라엘 대선에서 승리, 새 정부 출범. 이스라엘 중국, 인도와 국교수립

1993년		PLO 잠정 자치안 협정 서명
1994년		팔레스타인 자치 정부 인정. 라빈, 페레스, 아라파트 노벨 평화상 공동 수상
1995년	세계무역기구(WTO) 출범	라빈 이스라엘 총리 암살
1996년	미국, 클린턴 대통령 재선 당선	이스라엘에 대한 아랍 원리주의자 테러 본격화
1997년	영국, 중국에 홍콩 반환	이스라엘, 하마스가 아니라 가자지구를 〈적대적〉 존재로 선언
1998년	아시아 경제 위기. 코소보 사태	
1999년	유럽 단일 통화(유로) 출범	
2000년	신세계 질서 원년. 남북 정상(김대중 대통령과 김정일 국방위원장) 회담, 6·15 남북 공동 선언	교황 요한 바오로 2세 이스라엘 방문. 남부 레바논 내 군사지역에서 이스라엘군 철수. 에후드 바락 총리 사임. 주오만 무역 대표 사무소 폐쇄
2001년	9·11 미국 세계무역센터 테러	리쿠드 당인 아리엘 샤론 총리 당선, 연립내각 구성. 팔레스타인과 이스라엘 간에 안보실행작업안 제시. 레카밤 즈비 이스라엘 관광부 장관 팔레스타인 테러리스트에 의해 피살
2002년	2002년 한·일 월드컵 대회 개최, 한국 사상 최초 월드컵 4강 등극. 유로화 사용 결정	팔레스타인 대량 무차별 테러에 이스라엘 방호벽 작전 개시
2003년	노무현 대통령 취임. 미국 이라크의 후세인 축출(이라크 전쟁) 브라질 룰라가 대통령에 취임	제16대 총선, 샤론 총리 연임. 중동평화 위한 4자(미국, 러시아, 유럽연합, 국제연합)에 의한 중동평화 로드맵 마련
2004년	노무현 대통령 탄핵 사건, 경부·호남 고속 철도 동시 개통. 폴란드 등 10개 국가, 유럽 연합(EU) 가입	야세르 아라파트 팔레스타인 수반 사망(일부에서는 독극물 암살설 제기)
2005년	아시아·태평양 경제 협력체(APEC) 정상 회의 개최	마무드 아바스 팔레스타인 수반 선출. 샤름엘쉐이크 중동평화 정상회담(이스라엘, 이집트, 팔레스타인, 요르단)으로 이스라엘과 팔레스타인 간의 평화 협상 재개. 가자지구 및 북부 서안지구로부터 철수
2006년	12월 5일 수출 3000억 달러 돌파 (대한민국, 1973년 100만 달러 수출 이후)	제17대 총선에서 카디마가 제1당이 돼 에후드 올메르트 총리 취임. 하마스가 팔레스타인 총선에서 승리, 정부 수립(국제사회의 대 팔레스

2006년		타인 제재 시작). 헤즈볼라의 도발에 따른 제2차 레바논 전쟁 및 휴전 결의안 채택
2007년	미국 서브프라임 모기지 사태. 노무현 대통령 평양 방문	팔레스타인 국민통합정부 출범 이후 하마스가 가자 지구를 완전 장악해 통합성부 와해. 모세 카차브 이스라엘 대통령 성추문 사건으로 사임. 시몬 페레스가 제9대 이스라엘 대통령에 취임
2008년	미국 최초의 흑인 대통령 오바마 취임, 이명박 한국 대통령 취임	올메르트 이스라엘 총리 사임 발표. 이어서 가자 군사작전으로 이스라엘과 시리아 간 평화 교섭 중단
2009년	리스본 조약(유럽연합 헌법), 한국의 김수환 추기경 선종	가자 군사작전 종료. 제18대 총선에서 27석을 확보한 리쿠드당 중심 우익 연정 출범.3월 베냐민 네타냐후 총리 취임
2010년	튀니지 재스민 혁명, 아랍 국가 민주화 촉발	미국이 중재하는 이스라엘과 팔레스타인 간의 간접대화 재개 노력 중
2011년	일본, 후쿠시마 원전 참사.	현재 이스라엘의 종교 분포는 유대교 80.1%, 이슬람교 14.6%, 그리스도교 2.1%, 드루즈 1.7%, 기타 종교 1.5%
2012년	오바마 미 대통령 DMZ 시찰. 이탈리아 초호화 여객선 침몰	팔레스타인 하마스의 미사일 공격, 이스라엘의 가자 지구 공습
2014년	미국과 쿠바 간의 국교 정상화. 교황 프란치스코 요르단·이스라엘·팔레스타인·터키·한국 등 순방	이스라엘과 팔레스타인 휴전과 공습의 반복. (팔레스타인인 2,200여 명 사망, 1만1천여 명 부상, 이스라엘인 70명 사망)
2017년	미국 제45대 대통령 도널드 트럼프 취임. 극단주의 무장단체 이슬람국가(IS) 세력 시리아·이라크 등지에서 패퇴.	의회는 서안지구 팔레스타인 사유지에 건설된 수십 개의 유대인 정착촌을 합법화. 트럼프 미국 대통령, 예루살렘을 이스라엘의 수도로 인정.
2020년	코로나 바이러스 확산. 레바논 베이루트 항 창고 폭발 사고.	아랍에미리트(UAE), 아랍국가 최초로 이스라엘과 국교 정상화.
2021년	미국 제46대 대통령 조 바이든 취임. 영국이 유럽연합(EU)에서 공식 탈퇴.	하마스의 미사일 공격, 이스라엘의 가자 지구 공습. 이스라엘 최장수 총리인 네타냐후의 뒤를 이어 나프탈리 베네트가 제13대 이스라엘 총리로 취임.

유대인들은 탈무드를 출간할 때에는 반드시 마지막 페이지를 비워 둔다. 그 까닭은 〈탈무드〉라는 책은 유대인들의 도덕이나 철학과 삶, 그리고 지혜와 처세술에 대한 제반 사항을 다룬 책으로서 과거부터 현재까지 토론과 논쟁이 활발하게 진행되고 있기 때문이라고 한다.

지은이 **샤이니아** (賽妮亞, Senia)

칭화대학 신경제 연구센터 객원 연구원으로 유대 교육 분야에서 20여 년간 일했다. 전 난카이대학 연구 교수. 『유대인 엘리트를 성공으로 이끈 지혜의 비밀』, 『유대인의 수수께끼』, 『탈무드 계몽서』, 『이스라엘 굴기의 비밀』 등을 펴냈다.

글쓴이 **홍순도**

1985년부터 1988년까지 독일 보쿰대에서 중국정치경제학 석사과정을 밟은 다음 매일경제, 문화일보 국제부 등에서 일했다. 1997년부터는 문화일보 베이징 특파원으로 9년 동안 활약했다. 이후 중국 인민일보 한국대표처 대표를 역임했다. 현재 아시아투데이 베이징 지국장 겸 특파원으로 일하고 있다. 지은 책으로는 『시진핑과 중난하이 사람들』, 『베이징 특파원 중국 문화를 말하다』 등이 있고 『화폐전쟁』 시리즈를 번역했다. 1997년 관훈클럽상과 2004년 올해의 기자상을 받았다.

탈무드
TALMUD BY SENIA

초판 1쇄 발행 | 2022년 12월 10일
초판 7쇄 발행 | 2024년 12월 25일

지은이 | 샤이니아
옮긴이 | 홍순도
펴낸이 | 김정동
펴낸곳 | 서교출판사
등록 | 1991년 9월 25일
주소 | 서울특별시 마포구 성지길 25-20 덕준빌딩 2F
전화 | 02 3142 1471 팩스 | 02 6499 1471
이메일 | seokyobook@gmail.com
블로그 | http://blog.naver.com/seokyobooks
인스타그램 | http://instagram.com/seokyobooks
ISBN | 979-11-89729-72-1 (03800)

서교출판사는 독자 여러분의 투고를 기다리고 있습니다. 출판 관련 원고나 아이디어가 있으신 분은 seokyobook@gmail.com으로 간략한 개요와 취지 등을 보내주세요. 출판의 길이 열립니다.